The Psychology of Kundalini Yoga

쿤달리니 요가의
심리학

쿤달리니 요가의 심리학

초판 1쇄 발행	2018년 1월 31일
초판 2쇄 발행	2020년 10월 30일

원제	The Psychology of Kundalini Yoga
지은이	칼 구스타프 융
옮긴이	정명진
펴낸이	정명진
디자인	정다희
펴낸곳	도서출판 부글북스
등록번호	제300-2005-150호
등록일자	2005년 9월 2일

주소	서울시 노원구 공릉로63길 14, 101동 203호(하계동, 청구빌라)
	(139-872)
전화	02-948-7289
전자우편	00123korea@hanmail.net
ISBN	978-11-5920-077-9 03180

The Psychology of Kundalini Yoga

쿤달리니 요가의
심리학

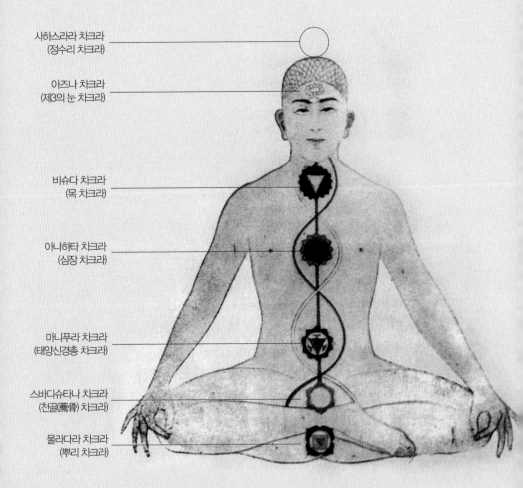

사하스라라 차크라
(정수리 차크라)

아즈나 차크라
(제3의 눈 차크라)

비슈다 차크라
(목 차크라)

아나하타 차크라
(심장 차크라)

마니푸라 차크라
(태양신경총 차크라)

스바디슈타나 차크라
(천골(薦骨) 차크라)

물라다라 차크라
(뿌리 차크라)

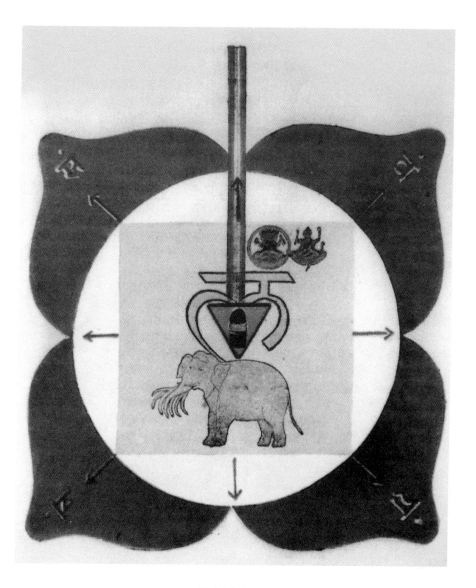

물라다라 차크라

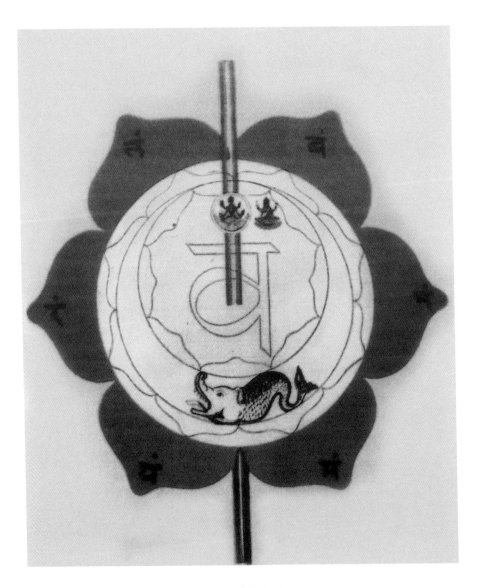

스바디슈타나 차크라

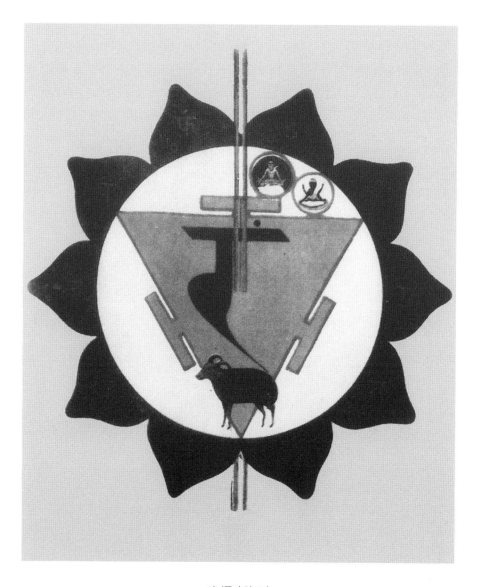

마니푸라 차크라

아나하타 차크라

비슈다 차크라

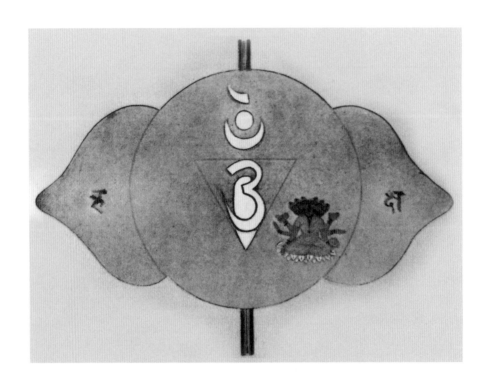

아즈나 차크라

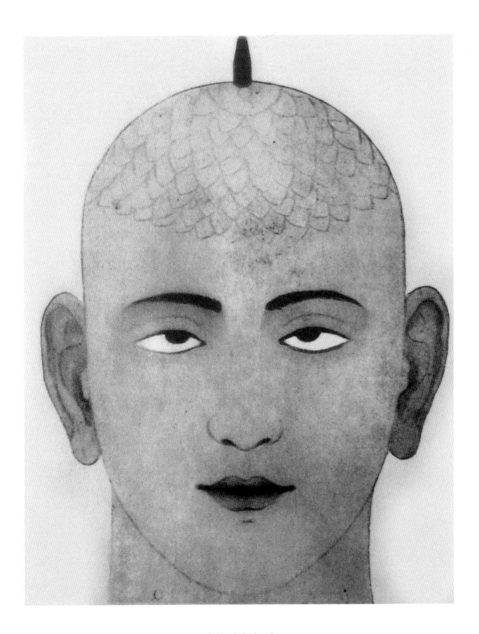

사하스라라 차크라

독일의 인도 전문가 빌헬름 하우어는 1932년 10월 3일부터 8일까지 취리히의 심리학 클럽에서 요가에 대해, 특히 쿤달리니 요가의 차크라 시스템에 대해 6회에 걸쳐 강연을 했다. 이어 칼 융이 4회에 걸쳐 쿤달리니 요가를 심리학적으로 해석하는 강연을 했다. 융의 강연을 정리한 것이 이 책이다.

　융은 일찍부터 동양사상에 관심이 깊었다. 1912년에 발표한 책『리비도의 변형과 상징』을 보면 힌두교 경전 '우파니샤드'와 '리그베다'의 구절을 해석하는 부분이 많다. 당시의 정신분석 분야에선 정신분석이 고대 인도인들이 이미 잘 알고 있던 것을 재발견한 것에 지나지 않는다는 주장이 제기되기도 했다.

융은 그 후에도 동양 사상을 심리학적으로 해석하는 일 등을 통해 동양에 대한 깊은 관심을 결코 놓지 않았다. 이런 경향 때문에 융은 1960년대 서구에서 뉴 에이지 운동이 일어날 때엔 구루로 받들어지기도 했다.

오늘날 온갖 형식의 요가가 스포츠와 건강관리 프로그램의 일부로 소개되면서 요가가 고대에 정신적 수양이었다는 사실이 많이 잊히게 되었지만, 요가는 분명 수행의 한 형식이다. 그 목적은 우주적인 존재를 이룸으로써 자신을 구원하는 것이다.

요가의 역사는 대단히 깊다. 인더스 문명(B.C. 3300-B.C. 1700)의 유적지에서도 요가나 명상 자세를 취하고 있는 형상의 유물이 발견되었다. 주요 요가학파로는 라자 요가, 하타 요가, 갸나 요가, 박티 요가, 카르마 요가, 만트라 요가, 라야 요가, 쿤달리니 요가 등이 있다.

탄트라 요가로도 불리는 쿤달리니 요가는 힌두교 경전 '탄트라'가 제시하는 요가 수행법을 따른다.

'탄트라'의 세계관을 보면, 우주는 남성성의 상징인 시바와 여성성의 상징인 사크티로 구분된다. 우주에서 일어나는 모든 창조 활동은 바로 이 시바와 사크티의 결합으로 시작한다. 이 둘 중에선 사람의 몸 안에 잠재되어 있는 여성의 원리인 사크티가 더 많이 강조된다. 이 사크티를 개발해 해탈에 이른다는 것이 요가의 핵심이다.

쿤달리니 요가의 관점은 우주적이며, 이 요가의 차크라 체계는 개인을 초월하는 삶의 발달 단계를 상징한다. 말하자면 차크라는 개인의 심리와 인류의 심리를 시간이나 공간의 제약을 받지 않는 사차원의 관점에서 보는 것과 비슷하다.

칼 융은 이 강연에서 차크라에 관한 것들을 서양의 심리학으로 옮겨 놓는다. 그는 각 차크라를 의식이 한 단계씩 높아지는 것으로 해석한다.

1932년 10월 12일

신사 숙녀 여러분, 지금까지 쿤달리니(Kundalini) 요가[1]를 주제로 세미나를 열었습니다. 늘 그렇듯, 세미나 같은 행사에는 오해가 따르기 마련입니다. 그래서 지금부터 여러분이 세미나 동안에 품었던 여러 가지 궁금증에 대해 명쾌하게 설명하는 시간을 갖도록 하겠습니다. 내가 예전에 '차크라'[2]에 대해 언급했기 때문에, 세미나 현장에 계시지 않았던 분들도

....

1 쿤달리니는 사람의 안에 잠재되어 있는 우주 에너지를 뜻하며, 쿤달리니 요가는 탄트라 요가로도 불린다. 칼 융의 강연에 앞서 독일의 인도 전문가인 빌헬름 하우어 교수가 쿤달리니 요가에 대해 강의했다.

2 chakra: 바퀴 혹은 원이라는 뜻의 산스크리트어이며, 정신 에너지가 집중되는 중심을 의미한다.

이 시간에 관심을 가지실 것으로 짐작합니다. 더욱이, 우리는 환상을 공부하는 과정에 지금 쿤달리니 요가의 상징과 비슷한 상징들이 작동하기 시작하는 그런 단계에 와 있습니다. 여러분, 기억하시죠? 만다라에 대해 아무것도 모르는 어느 환자가 떠올린 공상이 성격상 만다라(曼茶羅)[3]를 형성했다는 사실 말입니다. 봄에 열었던 세미나의 마지막 시간에 저는 여러분에게 자연스럽게 형성된 만다라를 하나 보여주었습니다. 원들 안에 아이가 들어 있는 만다라였지요. 동시에 환자가 아이와 하나되려 하는 시도도 보여주었습니다. 그것은 만다라로 들어가는 것이고, 거기서 쿤달리니 요가의 상징 체계가 이미 시작되고 있습니다. 그러기에 지금 여기서 쿤달리니 요가를 논하는 것은 원래의 세미나와 결코 무관하지 않습니다. 실은 그 세미나가 우리를 쿤달리니 요가의 심리학으로 안내했습니다. 지금까지 내가 만다라 심리학이라고 부른 것이 바로 이것이지요.

먼저 베일워드 부인이 제기한 질문부터 보도록 하겠습니다. 부인의 질문은 이렇습니다. "다섯 가지 번뇌 중 하나인 이기심(asmita)은 하나의 인격으로 성장할 씨앗을 포함하고

....
3 우주의 진리를 나태내는 그림

있고, 증오심(dvesa)이라는 번뇌는 둘이 되려는 소망 즉 증오의 씨앗을 포함하고 있는 것으로 이해하고 있습니다. 그렇다면 빌헬름 하우어(Wilhelm Houer: 1881-1962)[4] 교수는 여기서 인격 혹은 개성을 이야기하고 있습니까? 이기심이 인격을 형성할 때, 어떻게 그 뿌리에서 증오심이 갈라져 나올 수 있습니까?"

자, 보시죠. 여기에 구분하려 들고, 식별하려 들고, 하나의 인격이 되려 하고, 자아가 되려 하는 번뇌가 있습니다. 그런데 이 번뇌에는 또한 증오의 측면이 있습니다. '번뇌'(klesa)는 자연스럽게 일어나는 본능의 한 형식인 충동입니다. 리비도가 이 본능의 형식으로 가장 먼저 무의식에서 생겨납니다. 번뇌는 가장 단순한 형태의 심리적 에너지인 리비도입니다. 탄트라[5]의 가르침에 따르면, 중심축을 갖고 있고 또 다른 존재들과 구분되는 그 무엇인 인격을 형성하고 싶어 하는 충동이 사람에게 있습니다. 바로 그것이 구별의 번뇌이지요. 그

....
4 독일의 인도 전문가이자 종교 저술가. 하우어는 1930년대 초에 칼 융과 깊이 교류했다.

5 Tantra: '베다' 이후에 나온 산스크리트어 경전을 말하며, 주로 대중적인 요소인 주문과 상징 등을 다루고 있다.

것은 서구의 철학적 언어를 빌린다면 개성화[6]의 충동 혹은 본능으로 불릴 수 있습니다.

개성화의 본능은 생명이 있는 곳 어디서나 발견됩니다. 이 땅 위에 존재하는 생명 중 독특하지 않은 생명은 절대로 없기 때문이지요. 생명의 모든 형태는 자연히 분화된 존재로 나타나게 되어 있습니다. 그렇지 않으면, 생명이 존재할 수 없으니까요. 생명의 타고난 한 충동은 개인을 최대한 완전하게 만들기를 원하는 것입니다. 예를 들어, 한 마리의 새도 깃털과 색깔, 몸집 등에서 같은 종(種)의 다른 새들과 절대로 똑같지 않습니다. 그렇다면 '엔텔레키아'[7](entelechia), 즉 실현 충동이 사람이 자신만의 모습을 다듬도록 만들지요. 사람이 자신의 모습을 스스로 다듬어 나가려 하는 충동을 타고난다는 점을 고려한다면, 사람은 아무런 장애 또는 방해 요소가 없을 때에 자신이 운명적으로 되게 되어 있던 그런 존재로 가장 확실히 성장할 수 있습니다. 그래서 인격의 씨앗을 품고 있는 번뇌는 마찬가지로 개성화의 번뇌라 불릴 수 있습

....

6   individuation: 어떤 사물이 다른 것들과 뚜렷이 구별되도록 하는 과정을 말하며, 칼 융의 분석심리학에서는 개인이 분화되지 않은 무의식의 영역을 줄이는 한편으로 자기의 영역을 키워가는 과정을 일컫는다.

7   entelechia: 아리스토텔레스(Aristotle)가 만든 용어에서 비롯된 라틴어로 생명력, 활력을 의미한다.

니다. 왜냐하면 우리가 인격이라고 부르는 그것이 개성화의 한 측면이기 때문이지요. 여러분이 자기 자신을 완전히 실현시키지 못한다 하더라도, 여러분은 적어도 어떤 인물이 됩니다. 여러분이 의식적인 어떤 형태를 갖고 있기 때문이지요. 물론, 이 의식적인 형태는 하나의 전체가 아닙니다. 그것은 아마 일부에 지나지 않을 것입니다. 그리고 여러분의 진정한 개성은 여전히 장막 뒤에 가려져 있습니다. 그럼에도 겉으로 드러나는 것은 분명히 하나의 단위입니다. 사람이 전체를 반드시 다 의식할 필요는 없지요. 그리고 여러분이 어떤 존재인지는 아마 다른 사람들이 여러분 자신보다 더 잘 알고 있을 것입니다. 개성이란 것은 언제나 그렇습니다. 개성은 어디에나 있지요. 생명을 가진 모든 것은 개인적입니다. 한 마리의 개도 그렇고, 한 포기의 풀도 그렇고, 살아 있는 모든 것은 그렇습니다. 그러나 개와 풀을 비롯한 살아 있는 모든 것은 당연히 자신의 개성을 모두 의식하지 못하지요. 한 마리 개는 아마 자신에 대해서 자신의 개성 전체에 비해 대단히 제한적인 존재로 알고 있을 것입니다. 대부분의 사람도 마찬가지이지요. 그들이 자기 자신에 대해 제아무리 대단하게 생각하고 있을지라도 그것은 그들의 자아에 불과합니다.

그럼에도 그들은 동시에 개인이지요. 마치 거의 개성화되고 있는 것처럼 말입니다. 어떤 의미에서 보면 그들은 삶의 시작 단계에서부터 개성화되고 있지요. 그럼에도 그들은 개성화를 의식하지 못합니다. 개성화는 오직 여러분이 그것을 의식할 때에만 일어날 수 있습니다만, 개성은 여러분의 존재가 시작된 이후로 언제나 거기에 있지요.

그렇다면 증오가 개입하는 지점이 어딘지 궁금해질 것입니다. 증오는 구분하는 것입니다. 말하자면, 식별하는 힘이 증오이지요. 두 사람이 사랑에 빠질 때가 그런 경우입니다. 두 사람은 처음에 거의 동일합니다. 신비적 참여[8]가 엄청나게 많이 일어나지요. 그래서 두 사람은 서로를 떼어놓기 위해 증오를 필요로 합니다. 어느 정도 시간이 지나면, 모든 것이 무서운 증오로 변합니다. 두 사람이 상대방으로부터 자신을 떼어놓기 위해 서로에게 저항을 일으키기 때문이지요. 그런 식으로 전개되지 않는다면, 두 사람은 똑같이 무의식 상태에 남아야 할 것입니다. 이런 상태는 사람이 버텨낼 수 없는 상태이지요. 환자를 분석할 때에도 이런 일이 일어납니다. 전이가 과도하게 일어나는 경우에, 조금 시간이 지나면
....
8 participation mystique: 무의식적 동일성을 말한다.

그에 따른 저항이 일어나게 되어 있지요. 이것도 일종의 증오랍니다.

옛날의 그리스인들은 증오 대신에 공포를 뜻하는 '포보스'(phobos)라는 단어를 썼습니다. 옛 그리스인들은 가장 먼저 생겨난 것이 에로스 아니면 포보스라고 말했습니다. 각자의 기질에 따라서, 어떤 사람은 에로스가 가장 먼저 생겨났다고 했고, 또 어떤 사람은 포보스가 가장 먼저 생겨났다고 했지요. 사랑이 현실이라고 말하는 낙관주의자도 있고, 공포가 현실이라고 말하는 비관주의자도 있습니다. 공포는 증오보다 더 강하게 사람들을 분리시킵니다. 왜냐하면 공포는 사람이 달아나게 만들고 위험한 장소로부터 벗어나게 만들기 때문이지요.

언젠가 힌두교도로부터 다음과 같은 철학적인 질문을 받은 적이 있습니다. "신을 사랑하는 사람과 신을 미워하는 사람 중에서 누가 전생을 더 많이 겪어야 최종적 구원을 이룰 수 있을까요?" 여러분은 이 질문에 어떻게 대답하시겠습니까? 저는 당연히 대답을 포기했지요. 그러자 힌두교도는 이렇게 말했습니다. "신을 사랑하는 사람은 7번의 전생을 거쳐야 완벽해지지만, 신을 미워하는 사람은 3번의 전생만 거치면 완벽해집니다. 왜 그런지 아십니까? 신을 미워하는 사람이 신을 사랑하는 사람에 비해 신에 대해 더 많이 생각하고 더 많이 매달리기 때문이지요." 어떤 의미에서 보면 이 말이 진리입니다. 증오는 결합력 강한 시멘트 같은 것이니까요. 우리 서양인에겐 고대 그리스인의 공포 개념이 분리의 원리로 더 적절한 것 같습니다. 그런 공포 개념이 팽배했던 그리스보다 인도에서 신비적 참여가 훨씬 더 많이 일어났고 지금도 더 많이 이뤄지고 있습니다. 서양은 동양에 비해 구별하는 마음을 확실히 더 많이 갖고 있습니다. 그렇다면 서양 문명이 고대 그리스인들의 천재성에 주로 의존하고 있기 때문에, 서양인의 경우에 분리의 원리는 증오가 아니라 공포일 것입니다.

물론 차크라 센터들에서도 가장 두드러진 몸짓은 공포를 물리치는 것입니다만, 신들은 언제나 무기도 갖고 있으며, 무기는 어떠한 의미에서도 특별한 사랑의 표현은 아닙니다.

요가 수행자도 증오의 상태를 개성을 구축하는 데 필요한 조건으로 받아들이지 않을 수 없습니다. 왜냐하면 요가 수행 자체가 고전적인 요가든 쿤달리니 요가든 불문하고 자연히 개인을 한 사람으로 만드는 경향을 갖고 있기 때문입니다.

신(神)이 브라만[9]처럼 하나이고, 존재하면서도 존재하지 않는 단일성이듯이 말이지요.

베일워드 부인의 질문은 이렇게 이어집니다. "이기심이 인격을 형성할 때, 어떻게 그 뿌리에서 증오심이 갈라져 나올 수 있지요?"

설명에 앞서, 전문적인 용어에 대한 구분이 필요할 것 같습니다. '스툴라'(sthula)[10]와 '수크슈마'(sukshma)[11]의 측면을 언제나 명확히 구분하는 것이 중요한데, 아주 성가신 일이지요. 저는 '파라'(para)[12]의 측면에 대해서는 말하지 않을 것입니다. 왜냐하면 그것이 하우어 교수가 형이상학적이라고 부른 그 측면이기 때문입니다. 내가 볼 때 바로 거기서 안개가 끼지 시작한다는 점을 고백해야 합니다. 거기서 나 스스로 위험을 무릅쓰고 싶지 않습니다. '스툴라' 측면은 단순히 우리가 보는 그대로의 사물입니다. '수크슈마' 측면은 우리가 사물에 대해 짐작하는 것, 혹은 우리가 관찰된 팩트들을 근거로 끌어내는 철학적 결론 또는 추상 개념입니다. 스

....
9 Brahman: 힌두교에서 우주의 근본적 원리를 일컫는다.
10 산스크리트어로, 고정되어 있고 명백한 것을 뜻할 때 쓰는 형용사.
11 산스크리트어로, 미묘하거나 잠재하고 있는 것을 뜻할 때 쓰는 형용사.
12 산스크리트어로, 최고의, 최상의, 절대적인 등의 뜻을 가진 형용사.

스로를 통합하려고, 말하자면 자아가 되려고 노력하면서 서로에게 저항하고 서로를 증오하는 사람들이 주변에 보입니다. 그때 우리는 그 사람들의 '스툴라' 측면을 보고 있으며, '드베사'라 불리는 증오의 번뇌만을 보고 있지요. 그러나 거기서 한 단계 더 높이 올라가면, 우리는 바보스러워 보이는 이런 종류의 증오가, 말하자면 개인적인 이런 모든 저항이 단지 매우 중요하고 심오한 무엇인가의 외적 양상에 지나지 않는다는 것을 갑자기 이해하게 됩니다.

현실 속에서 흔히 볼 수 있는 예를 들도록 하겠습니다. 어떤 사람이 아내 또는 사랑하는 연인과의 관계가 언제나 좋지 않다고 불평하고 있습니다. 또 둘 사이에 끔찍한 장면이 자주 벌어지거나 저항이 자주 일어난다고 합니다. 그때 이 사람을 분석하면, 그가 증오의 발작을 일으키고 있는 것이 확인될 것입니다. 그때까지 그는 사랑하는 사람들과 신비적 참여 속에서 살아오고 있었습니다. 그는 자기 자신을 다른 사람들의 위로 넓게 펼쳤지요. 다른 사람들과 하나되고 동일해질 때까지 말이죠. 이것은 개성의 원리에 반하는 행위이지요. 그렇게 되면 당연히 다른 사람들이 그로부터 자신을 떼어놓기 위해 저항하기 마련입니다. 이런 상황에 처한 사람을 만나면 저는 이런 식으로 말합니다.

"당신이 언제나 곤경에 처해 힘들어하는 것은 당연히 매우 유감스런 일이지요. 하지만 당신 눈에는 당신이 하는 행동이 보이지 않습니까? 당신은 누군가를 사랑하고 있고, 당신은 그 사람과 동일시하고 있습니다. 그러면서 당신은 사랑의 대상을 지배하고 있으며, 결과적으로 사랑의 대상을 억압하고 있지요. 당신은 사랑하는 사람을 마치 당신 자신인 것처럼 다루고 있어요. 그것은 사랑하는 사람의 개성을 침범하는 행위이고, 또한 당신 자신의 개성을 훼손시키는 범죄이지요. 당신이 사랑하는 사람들이 일으키고 있는 저항은 그들에게 대단히 필요하고, 또 중요한 본능입니다. 당신도 마찬가지로 저항하고 소동을 일으키고 실망을 경험합니다. 그러다 보면 당신이 마침내 당신 자신을 자각하게 되고, 그러면 증오가 더 이상 일어나지 않게 되지요."

이것이 '수크슈마' 측면입니다.

이것을 완벽하게 이해하는 사람이 있다면, 그 사람은 저의 말에 동의하며 더 이상 걱정하지 않을 것입니다. 바꿔 말하면, 그 사람은 누군가를 사랑하게 되면 얼마 지나지 않아 자신이 그 사람을 미워하게 될 것이라는 점을 잘 알고 있습니다. 따라서 그는 틸 오일렌슈피겔(Till Eulenspiegel)[13]처럼 언덕길을 올라갈 때 웃을 것이고, 언덕길을 내려갈 때 눈물을 흘릴 것입니다. 그 사람은 삶의 역설을, 말하자면 자신이 완벽할 수 없다는 것을, 그리고 자신이 자기 자신과도 언제나 하나이지 않다는 것을 깨닫게 됩니다. 자기 자신과 하나가 되는 것, 다시 말해 삶에서 직면하는 모든 상황을 철저히 파악하는 것은 우리의 이상입니다. 그러나 그런 이상을 실현하는 것은 절대로 불가능합니다. 그런 이상은 터무니없을 만큼 일방적이지요. 우리 인간은 일방적이지 않습니다. 여러분도 잘 아시다시피, 분석 과정은 증오의 '수크슈마' 양상을 보여줌으로써, 말하자면 증오를 이해력과 개념, 이론, 지혜의 차원에서 설명함으로써 그것을 뿌리째 뽑아버립니다. 그래서 우리는 '스툴라' 측면에서 못마땅한 습관이나 불쾌한 기분이나 설명이 안 되는 불화도 '수크슈마' 측면에서 보면 그와 많이 다른 그 무엇이라는 것을 배우게 되지요.

이젠 두 번째 질문을 보도록 하지요. " '타트바'(tattva)[14]와

....
13 독일 전설 속에 전해오는 광대로 1300년경에 태어난 것으로 알려져 있다.
14 진리를 뜻하는 산스크리트어.

'삼스카라'(samskara)[15]에 해당하는 것이 심리학에도 있습니까?" 글쎄, '타트바'는 사물들의 핵심이기 때문에 심리학적으로 보면 다시 사물들의 '수크슈마' 측면이지요. 리비도혹은 에너지라는 용어가 타트바의 좋은 예입니다. 에너지는물질이 아니고 하나의 추상 관념입니다. 에너지는 자연 속에서 관찰되지 않습니다. 에너지는 존재하지 않습니다. 자연속에 존재하는 것은 폭포나 빛, 불 또는 화학 작용 같은 자연의 힘입니다. 이 자연의 힘을 에너지라고 부르고 있지만, 여러분이 전기의 형태로 에너지를 구입할 수 있음에도 불구하고, 에너지 자체는 자연에 존재하지 않습니다. 그것은 단지비유적인 에너지일 뿐이지요. 엄격한 의미에서 말하는 에너지는 어떤 물리적인 힘, 어떤 양의 강도를 말하는 추상 관념입니다. 에너지는 자연의 힘을 '수크슈마' 측면에서 본 개념입니다. 이 측면에서 보면 자연의 힘들은 더 이상 겉으로 드러나는 것이 아니며, '타트바'이고, 핵심이고, 추상 관념입니다. 여러분은 동양인의 마음은 현실에 근거하고 있다는 것을알고 있습니다. 그래서 동양인의 마음이 어떤 결론에 도달하거나 추상 관념을 형성할 때, 이 결론이나 추상 관념은 이미

....
15 형성의 힘, 의지의 작용을 의미하는 산스크리트어.

하나의 물질이 되어 있습니다. 그것은 거의 눈에 보이거나 들을 수 있는 상태가 되어 있지요. 거의 만질 수도 있을 것입니다. 반면에 서양인의 경우에 이 과정은 다소 엉터리입니다. 에너지 같은 개념이 꽤 널리 알려지게 된 것과 비슷하지요. 그래서 누구나 자연의 힘을 거리낌 없이 에너지라고 부르게 되지요. 그러면 자연히 사람들은 에너지가 유리병 같은 것에 담을 수 있는 그 무엇임에 틀림없다고 단정하게 됩니다. 사고 팔 수 있고, 따라서 손에 만져지는 그 무엇이라고 말입니다. 바로 이 지점에서 동양인의 마음이 지닌, 구체적인 것을 추구하는 성격이 서양인에게도 나타납니다. 왜냐하면 사실 에너지란 것이 실재하지 않기 때문이지요. 그것은 다양한 물질적 혹은 물리적 작용들의 강도이지요. 동양에서 누군가가 '타트바'에 대해 말하면, 그걸 듣는 사람들은 그것을 이미 존재하는 것으로, 그러니까 하나의 완전한 존재로 인식합니다. 마치 '타트바'가 눈에 보이는 것처럼 말이지요. 동양 사람들이 '타트바'가 어떤 것인지 실제로 알고 있는지는 저도 모르겠습니다만, 그들은 알고 있을 수도 있지요. 왜냐하면 동양 사람들은 아무리 추상적인 개념이라도 마음 속에 그릴 수 있기 때문입니다. 따라서 동양에서 구체적인 것으로 여겨지는 '타트바'는 서양인에겐 '수크슈마' 측면에 해당합니다. 그것은 하나의 추상 관념이고 하나의 생각이지요. 에너지 개념이 아주 적절한 예이지만, 당연히 다른 종류의 개념도 있습니다. 중력의 원리 또는 원자나 전자의 개념이 그런 예에 해당합니다. 이런 것들은 '타트바'와 비슷하지요. 내가 말한 바와 같이, 심리학에서 '타트바'는 리비도일 것이며, 리비도 역시 하나의 개념에 지나지 않습니다.

그렇다면 '삼스카라'를 구체적인 무엇인가로 이해하려 할 경우에 서양인에겐 그것과 비슷한 것이 전혀 없습니다. 따라서 서양인은 이런 것이 무엇인지 구체적으로 생각하지 못합니다. 삼스카라는 전적으로 철학적인 가르침이지요. 서양인이 영혼의 이동이나 윤회, 전생을 믿는 한에서만, 이 가르침이 어느 정도 타당성을 지닐 수 있습니다. 서양인의 유전 개념이 '삼스카라' 개념과 비슷할 수 있을 것입니다. 집단 무의식이라는 가설도 '삼스카라' 개념과 비슷하지요. 왜냐하면 아이의 마음은 결코 '빈 서판'(tabula rasa)이 아니기 때문입니다. 무의식적인 마음엔 원형적인 이미지들이 가득합니다. 원형들은 조건이나 법 혹은 창조적인 공상들이며, 따라서 심리학적으로 '삼스카라'와 비슷합니다. 하지만 뭐라고 해야 할까, 동양인의 마음이 생각하는 '삼스카라'의 원리는 그 같은 정의와 너무나 다르기 때문에 아마 힌두교도는 원형과 삼스카라를 비교하려는 저의 시도에 반대할 것입니다. 그러나 원형적인 이미지들이야말로 서양인이 볼 수 있는 것들 중에서 삼스카라와 가장 비슷한 것입니다.

사물들의 심리학적 측면은 또한 그 사물에 관한 어떤 철학을 암시합니다. 예를 들어, 의자의 심리학적 측면을 보도록 하지요. 의자는 '스툴라' 측면과 '수크슈마' 측면을 동시에 갖고 있습니다. 의자는 하나의 물리적 현상이고, 그런 것으로서 의자는 '스툴라' 측면으로 보면 너무나 명백합니다. 그러나 '수크슈마' 측면에서 보면 의자는 그다지 분명하지 않습니다. '수크슈타' 측면은 관념이지요. 플라톤이 '에이돌론'(eidolon)[16]을 내세워 가르치는 대목에서 확인되듯이, 어떤 사물의 '에이도스'(eidos)[17]는 '수크슈마' 측면입니다. 그러나 플라톤의 글에서 우리는 여전히 관념을 구체화하고 있는 것을 확인할 수 있습니다. 플라톤은 모든 사물은 일종의

....
16 허깨비, 환상 등을 의미한다. 플라톤의 우상도 여기에 해당한다.

17 형상 모양 등을 의미하는 그리스어. 플라톤의 경우 이 단어를 이데아와 동일한 뜻으로 썼다.

천상의 창고 같은 곳에 보존되어 있는 '에이돌론'의 불완전한 모방이거나 파생물이라고 말하고 있지요. 플라톤이 말하는 천상의 창고 같은 곳에는 세상에 존재하는 모든 것들의 모델이 있습니다. 그렇다면 우리의 경험 세계의 형상들은 모두 이 '에이돌론'에서 파생될 것입니다. 이 같은 사상은 '수크슈마' 측면이며, 여러분은 그것을 두고 사물들의 심리학이라고 말할 수 있습니다. 그러나 플라톤이 진정으로 존재한다고 믿었던 이데아는 서양인들에게 심리학적 개념이거나 단순한 환상 또는 추측으로 여겨지지요. 사물들의 모델을 실제로 저장하고 있는 그런 천상의 창고 같은 것이 존재한다고 가정한다 하더라도, 우리가 그것의 존재에 대해 조금도 확신을 품지 않기 때문입니다. 그런 식으로 생각한다고 해서 그것이 생겨나는 것은 아니니까요. 만약에 원시적인 마음이 어떤 사물에 대해 생각한다면. 그 사물은 존재합니다. 예를 들어 보지요. 원시인들에게 꿈은 여기 여러분이 앉아 있는 의자만큼이나 현실적인 것입니다. 원시인들은 어떤 것에 대해서는 생각하지 않으려고 특별히 조심합니다. 생각 자체가 쉽게 현실이 되기 때문이지요. 현대인도 아주 특별한 것 같지만 원시인의 사고에서 크게 벗어나지 못했습니다. 현대인도

과거에 누린 적 있는 운 좋은 일이나 중요한 무엇인가에 대해 말할 때엔 부정 타지 말라는 뜻으로 여전히 나무를 만지곤 합니다.

칸트(Immanuel Kant)가 '물자체'(物自體: noumenon)라는 용어를 쓴 대목을 보면, '물자체'가 '수크슈마' 측면에 해당한다고 볼 수 있습니다. '물자체'는 어떤 사물의 영적 핵심이지요. 잘 아시다시피, 칸트는 이미 매우 비판적인 사람이었으며,『순수이성 비판』(Critique of Pure Reason)에서 물자체는 명확하게 확인되지 않는 경계선상의 개념이며, 이런 개념은 그런 사물이 실제로 존재한다는 점을 보장하지 않는다고 말하고 있습니다. 칸트는 단순히 현상계의 뒤에 우리가 전혀 알지 못하는 무엇인가가 있을 수 있다는 사실을 표현하기 위해 그런 개념을 만들어냈습니다. 그럼에도 그는 심리학 강연을 통해서 다수의 물자체에 대해 말했습니다. 많은 사물들이 그 자체로 존재한다는 뜻이지요. 이 같은 설명은『순수이성 비판』의 내용과 모순됩니다.

칸트의 물자체도 하나의 원형입니다. 플라톤의 '에이도스'도 물론 원형이지요. 원형(archetype)이라는 단어는 성 아우구스티누스(St. Augustine)에서 비롯되었습니다. 아우구스티누스는 원형이라는 단어를 플라톤이 말하는 뜻으로 사용했지요. 이런 점에서 보면 아우구스티누스는 그 시대의 다른 많은 철학자들과 마찬가지로 신(新)플라톤주의자[18]입니다. 그러나 이 철학자들에게 원형은 심리학적 개념이 아니었습니다. 이데아들이 구체화된 것이었지요. 생각을 실체화했다는 뜻입니다. 생각의 실체화, 이 표현이 아주 적절한 것 같습니다. 여러분도 아시겠지만, '히포스타시스'(hypostasis)[19]는 하나의 가설이 아닙니다. 하나의 가설은 예를 들면 내가 팩트들에 대한 설명을 시도하기 위해서 제시하는 가정이나 생각이지요. 그러나 나는 그것을 가정으로 제시했다는 사실을, 나의 생각은 여전히 증거를 필요로 한다는 사실을 항상 알고 있습니다. 가설은 아직 어떤 범주 안에 들어 있지 않은 무엇인가를 범주 안에 집어넣으려는 노력이라고 할 수 있습니다. 그것을 독일어로 표현한다면 'Unterstellung'('밑에다가 무엇인가를 놓는다'는 뜻의 unterstellen의 명사형)이 될 것입니다. 내가 아는 한, 이 의미를 정확히 반영하는 영어 단어는

....
18 A.D. 3세기 플로티누스(Plotinus)로 시작된 플라톤 철학의 한 갈래를 일컫는다.

19 다른 모든 것을 존재하게 하는 근본적인 상태 또는 근원적인 실체를 말한다.

없는 것 같습니다. 그것은 하나의 가정일 수 있지만, 동시에 암시라는 미묘한 의미를 갖고 있지요. 여기서, 히포스타시스는 실질적인 것을 바탕으로 나머지 모든 것을 떠받치는 무엇인가를 의미합니다.

'히스테미'(histemi)는 '서다'라는 뜻을 가진 그리스어 동사이며, '히포'(hypo)는 아래를 의미합니다. '이코노스타시스'(ikonostasis)라는 그리스 단어에서도 이와 똑같은 뿌리가 확인됩니다. 그리스 정교회에서 '이코노스타시스'는 제단 뒤의 배경, 즉 성상들이 서 있거나 그려진 벽을 의미합니다. 성인의 상이나 그림은 '이콘'(ikon)으로 불리고, '이코노스타시스'는 성상이 서 있는 곳, 즉 대좌(臺座) 혹은 그런 이미지나 그림이 놓여 있는 벽을 의미합니다. 하나의 히포스타시스를 만든다는 것은 미결(未決)의 어떤 주제를 발명한다는 뜻입니다. 이 히포스타시스는 바탕을 전혀 갖고 있지 않는데도 여러분은 그것이 어떤 바탕을 갖고 있다고 단정하면서 그것이 진짜 존재하는 것이라고 말합니다. 예를 들어, 여러분이 '타트바' 같은 어떤 관념을 발명해 내면서 그것은 절대로 하나의 단어에 불과한 것이 아니라고, 바탕에 공기 외에 다른 것은 아무것도 없는 그런 것이 아니라는 식으로 말한다고 가정해 보지요. 그러면 여러분은 '타트바'가 하나의 핵심이고, 알맹이를 가진 무엇이라고 말하고 있습니다. 무엇인가가 '타트바' 밑에서 그것을 떠받치고 있다는 뜻이지요. 하나의 히포스타시스는 언제나 어떤 사물이 진짜로 존재한다는 전제를 포함하고 있으며, 자연스럽고 원시적인 마음은 언제나 생각을 실체화하고 있습니다. 현대인이 사는, 미신이 많이 타파된 이 시대에도 우리는 여전히 히포스타시스들을 갖고 있습니다.

중력이라는 히포스타시스가 사과가 아래로 떨어지게 합니다. 맞습니다. 여러분은 중력이 있다고, 그것이 사과가 아래로 떨어지도록 한다고 단정합니다. 혹은 예를 들어, 칸트는 신의 존재를 둘러싼 그 유명한 논의에서 "신은 존재하고, 신은 존재하지 않는다"라고 말합니다. 다른 누군가가 신은 존재한다고 말할 때면 그도 똑같이 신은 존재한다고 말하지만, 칸트가 그렇게 말하는 것 자체가 신이 존재한다는 것을 의미하지는 않습니다. 그는 신이 존재한다고 말할 수 있습니다만, 아마 신은 존재하지 않을 것입니다. 그러나 여러분이 실체화할 때, 그때엔 여러분은 신이 존재한다고 말함으로써 신이 실제로 존재한다고 가정하게 됩니다. 여러분이 신을 만들어 내는 셈이지요. 그래서 신이 실제로 존재하게 됩니다. 사람은 단순히 어떤 사물이 존재한다고 선언함으로써 아주 불행한 상황을 초래할 수 있습니다. 아니무스[20]가 하고 있는 것이 바로 그런 것이지요. 또 사람이 아니무스에서 반대하고 있는 것도 바로 그런 것이지요. "오, 나는 …라고 생각했어." 그러면 여러분이 불을 껐다고 생각했다는 이유로 집이 불탑니다. 그러나 불행하게도 집은 전소하고 말지요.

어림짐작으로 제시된 모든 원리는 히포스타시스가 되려는 경향을 보이지요. 가설은 적용 가능성을 뒷받침할 만한 증거가 나오자마자 진리가 되려 하고 히포스타시스가 되려 하는 경향을 보입니다. 그러면 우리는 그것이 하나의 가설에 지나지 않는다는 것을, 사람이 만들어낸 자의적인 이론에 지나지 않는다는 것을 망각하게 되지요.

프로이트(Sigmund Freud)의 성욕 이론도 하나의 가설로 불리다가 히포스타시스로 바뀌었지요. 프로이트의 성욕 이론은 상당한 양의 팩트를 그 증거로 제시하고 있습니다. 그러면 사람들은 프로이트의 성욕 이론이 진리임에 틀림없다고 생각하게 되지요. 이런 이야기는 단순히 개념들에 관한

20 animus: 융 심리학에서 여성이 억압하고 있는 남성적 특성을 말한다.

것이고, 쿤달리니 요가의 경우에 심리학적 측면에서 추가적 설명이 필요한 것들이 있습니다.

간혹 차크라도 만다라라 불립니다. 당연히 빌헬름 하우어 교수는 우리와 달리 만다라에 그런 기술적인 의미를 부여하지 않습니다. 그는 전체 그림을 연꽃을 의미하는 '파드마'(padma)라고 부르거나 차크라라고 부르지요. 만다라는 고리나 원을 의미합니다. 예들 들어, 만다라는 마법의 원이 되거나 하나의 순환이 될 수 있습니다. 베다 경전을 보면, 일련의 장(章)들이 만다라라 불리는 고리를 이루고 있는 것이 확인됩니다. 예를 들면, 제3 만다라 10장 15절, 이런 식이지요. 만다라는 단순히 이 연속적인 글을 가리키는 이름입니다.

하우어 교수는 사각형도 만다라라 부르는데, 충분히 그럴 수 있습니다. 그는 사각형을 두고도 만다라라 부릅니다. 자연히 그 안에 있는 것도 하나의 만다라입니다. 이것이 바로 여러분이 라마교의 그림에서 보는 그것입니다. 만다라, 즉 연꽃이 안쪽에 있고, 사원도 있고, 사각형 벽을 갖춘 회랑도 있습니다. 이 모든 것들은 마법의 원에 둘러싸여 있지요. 그 위로 신들이 있고, 그 아래로 산들이 있지요. 만다라라는 용어는 서양인에게 인도에서 갖지 않는 중요성을 지닙니다. 인도에선 만다라는 단지 수많은 얀트라(Yantra)[21] 중 하나에 지나지 않습니다. 라마교의 숭배의식이나 쿤달리니 요가에서 만다라는 숭배의 도구에 불과하다는 뜻입니다. 그리고 어떻게 생각하실지 모르겠지만, 쿤달리니 요가는 거의 알려져 있지 않습니다. 여러분이 직접 힌두교 신자들을 붙잡고 물어볼 수 있습니다. 그러면 그들은 그것이 무엇인지 전혀 모른다고 대답할 것입니다. 그것은 여러분이 훌륭한 취리히 시민에게 스콜라 철학에 대해 말해달라고 부탁하는 상황과 아주 비슷합니다. 취리히 시민도 스콜라 철학에 대해, 힌두교 신자가 쿤달리니 요가에 대해 아는 것 만큼만 알고 있을 것입니다. 그리고 만약에 여러분이 힌두교 신자에게 만다라가 무엇이냐고 묻는다면, 힌두교 신자는 둥근 테이블은 물론이고 둥근 모든 것이 만다라라고 대답할 것입니다. 그러나 서양인에게 만다라는 하나의 특별한 용어입니다. 심지어 쿤달리니 요가를 전문으로 하는 집단 안에서도 만다라는 서양인에게 지니는 만큼의 중요성을 지니지 못할 것입니다. 서양인에게 만다라라는 개념은 티벳 종

....
21 명상을 도와주는 도형.

교인 라마교에 아주 가깝지만, 라마교는 서양에 거의 알려져 있지 않으며 라마교 경전은 최근에 와서야 번역되고 있지요. 라마교 경전이 번역되기 시작한 것은 10년도 채 되지 않습니다. 만다라를 확인하는 기본적인 자료 중 하나는 존 우드로프(John Woodroffe: 1865-1936) 경이 번역한 탄트라 경전 『슈리차크라삼바라』(Shrichakrasambhara)입니다.

차크라로 들어가면 이야기가 대단히 복잡해집니다. 그럼에도 차크라와 관련있는 자료를 심리학의 언어로 바꾸려고 노력하다 보면, 여러분은 놀라운 결론에 도달하게 됩니다. 매우 단순해 보이는 '물라다라'(muladhara) 차크라를 보도록 하지요. 심리학적으로 볼 때 물라다라 차크라의 위치는 회음(會陰)에 있습니다. 그러면 여러분은 회음에 대해 모두 잘 안다고 생각하실 것입니다. 하지만 심리학적으로 볼 경우에 '물라다라' 차크라는 무엇입니까? 여러분은 '물라다라' 차크라에 대해 복부 아래쪽에 있는 부위로 생각할 것입니다. 성욕과 관계있고, 온갖 종류의 불쾌한 일들과 관계있는 부위로 말입니다. 그러나 그런 것이 '물라다라' 차크라가 아닙니다. '물라다라'는 그것과 꽤 많이 다릅니다. 아마 우리는 두 번째 차크라[22]를 먼저 살펴야 할 것입니다.

바다 괴물을 갖고 있는 대양은 차크라 체계에서 위에 있지만, 서양인의 심리에서는 항상 아래에서 발견됩니다. 서양인은 언제나 무의식 속으로 내려간다는 식으로 말하지요. 따라서 '물라다라'도 우리가 내리게 될 결론과 꽤 다른 무엇임에 틀림없습니다. 여러분은 '물라다라' 속에 있어본 적이 있습니까? 여러분 중 일부는 무의식 속에, 대양 속에 있어 보았다고, 그리고 리바이어던을 보았다고 말할 수 있을 것입니다. 여기서 여러분이 진짜로 밤의 바다 여행을 했다고 가정하지요. 또 거대한 괴물과 맞붙어 싸웠다고 가정하지요. 그것은 여러분이 두 번째 센터, 즉 물의 영역인 '스바디슈타나' (svadhisthana)에 있었다는 것을 뜻합니다. 그러나 그때 여러분은 '물라다라'에도 있었습니까? 여기서 엄청나게 어려운 문제가 제기됩니다. 내가 '물라다라' 개념에 대해 설명하면, 여러분은 아마 크게 당황스러워 할 것입니다. 아시다시피, '물라다라'는 하나의 전체 세계입니다. 각 차크라가 하나의 전체 세계이기 때문이지요. 아마 여러분은 제가 보여드렸

....
22 스바디스타나(svadhisthana) 차르라를 그린 그림은 언제나 신화속의 바다 괴물을 보여준다.

던 어느 환자의 그림을 기억하고 계실 것입니다. 그 그림 속에서 여자 환자는 어떤 나무의 뿌리와 뒤엉켜 있었지요. 그런 다음에 그녀는 빛을 향해 팔을 위로 쭉 뻗습니다. 자, 뿌리 속에 있을 때 그녀는 어디에 있었습니까?

'물라다라'에 있었습니다. 그런데 그것이 실제론 어떤 조건입니까? 물론 그런 조건에선 자기(self)[23]가 잠자고 있지요. 그렇다면 어느 단계에서 자기가 잠자고 자아가 깨어 있습니까? 당연히 지금 이곳, 이 의식적인 세계입니다. 이 세계에서 우리 모두는 합리적이고 존경받을 만한 사람들입니다. 흔히 말하는 바와 같이 적응이 잘 되어 있는 개인들입니다. 모든 것이 부드럽게 돌아가고 있지요. 우리는 곧 점심을 먹게 될 것이고, 사람들과 약속도 하지요. 우리 각자는 어느 국가의 완벽히 정상적인 시민입니다. 우리는 어떤 의무에 묶여 있어서 신경증 환자가 되지 않고는 거기서 쉽게 달아나지 못합니다. 우리 모두는 각자 맡은 바를 수행해야 합니다. 그래서 우리는 모두 뿌리 속에 있습니다. 우리는 각자의 뿌리 지주(支柱)에 의지하고 있습니다. ('물라다라'의 글자 그대로의 뜻이 바로 '뿌리 지주'입니다.) 우리는 이 세상 속에서 바

....
23 융 심리학에서 자기는 의식과 무의식이 통합된 전체 정신을 의미한다.

로 우리의 뿌리 안에 있습니다. 예를 들어, 여러분이 전차 차장으로부터 표를 구입하거나 극장표를 구입하거나 웨이터에게 팁을 주는 때가 그런 경우입니다. 이런 일이야말로 여러분이 손으로 만질 수 있는 현실이지요. 그런 때에는 자기가 잠을 자고 있습니다. 이는 곧 신(神)들과 관련 있는 모든 것이 잠을 자고 있다는 뜻이지요.

이런 놀랄 만한 진술을 한 뒤라면, 당연히 그런 해석이 정말로 타당한지 여부를 확인해야 합니다. 나는 절대로 확신하지 못합니다. 나는 하우어 교수도 나의 의견에 즉각 동의하지 않을 것으로 믿습니다. 이런 문제들을 논하면서 서양인의 마음이 쉽게 이해하도록 하기 위해선 심리학 지식이 엄청 깊어야 합니다. 만약에 열심히 노력하지 않는 가운데 이런 해석을 감히 서양인의 사고방식에 융합시키려다 실수를 저지르게 되면, 그건 단순히 독(毒)에 오염되는 것에 지나지 않습니다. 이 상징들이 무섭게 달라붙는 경향을 갖고 있기 때문이지요. 이 상징들은 어떤 식으로든 무의식을 붙잡고 늘어지면서 우리에게서 떨어지지 않으려 합니다. 그러나 이 상징들은 서양인의 체계 안에선 낯선 현실, 즉 이물질(corpus alienum)일 뿐이며, 그것들은 서양인의 심리의 자연스런 성장과 발달을 저지할 뿐입니다. 그것은 이차적 성장 혹은 하나의 독과 비슷하지요. 그러므로 이런 상징들을 지배하려면, 다시 말해 상징들의 영향력을 제거하기 위해 이 상징들에 맞서려면 힘든 노력이 반드시 필요합니다. 어쩌면 여러분은 내가 하는 말을 완벽하게 이해하지 못할 수 있습니다. 그럼에도 나의 말을 하나의 가설로 받아들이길 바랍니다. 그것은 가설 이상입니다. 어쩌면 진리일지도 모릅니다. 나는 상징의 영향이 대단히 위험할 수 있다는 사실을 보여주는 예를 너무나 자주 보았습니다.

만약에 뿌리인 '물라다라'가 우리가 서 있는 땅이라고 가정한다면, '물라다라'는 우리의 의식 세계임에 틀림없습니다. 왜냐하면 여기서 우리가 땅 위에 서 있고 여기에 지구의 네 귀퉁이가 있기 때문이지요. 우리는 지구 만다라 안에 있습니다. 그리고 우리가 '물라다라'에 대해 말하고 있는 내용은 모두 이 세상에 관한 것입니다. '물라다라'는 인간이 충동과 본능, 무의식, 신비적 참여 등에 희생되는 곳입니다. 우리가 어둡고 무의식적인 곳에 있을 때, 그곳이 '물라다라'입니다. 우리는 환경의 무기력한 희생자가 되고, 우리의 이성은 그곳에서 실제로 거의 아무것도 하지 못합니다. 그렇습니다. 세상이 고요할 때, 만약에 중대한 심리적 폭풍이 전혀 없다면, 우리는 기술의 도움으로 무엇인가를 할 수 있습니다. 그러나 시간이 조금 지나다 보면 폭풍이 몰아치고, 전쟁이나 혁명이 일어납니다. 그러면 모든 것이 파괴되고, 우리는 어디에도 있지 못하게 됩니다.

더욱이, 이 같은 3차원의 공간에서 이치에 맞는 말을 하고 겉보기에 의미 있어 보이는 것을 하고 있을 때, 우리는 개인이 아닙니다. 우리는 바다 속의 물고기 한 마리에 지나지 않지요. 오직 가끔씩, 우리는 다음 차크라에 대해 짐작할 뿐입니다. 어떤 사람들의 내면에서 일요일 아침에 뭔가가 작동할 수 있습니다. 아니면 1년 중 하루, 예를 들면 성금요일에 교회에 나가고 싶은 충동이 일어날 수 있습니다. 많은 사람들은 교회로 나가고 싶은 충동보다 산이나 다른 자연 속으로 들어가고 싶은 충동을 더 강하게 느낍니다. 거기서 그들은 다른 종류의 감정을 느끼지요. 그 같은 활동이 잠자는 공주가 희미하게 잠에서 깨어나는 것과 같은 효과를 일으킵니다. 뭔가 설명할 수 없는 것이 무의식에서 시작합니다. 저 깊은 아래 쪽에서 이름 모를 이상한 충동이 그들로 하여금 일상적이지 않은 무엇인가를 하도록 강요합니다. 그래서 우리는 심리학적 비아(非我)인 자기가 잠자고 있는 곳이 세상에서 가장 진부한 곳이라고 단정합니다. 철도역, 극장, 가족, 직장 같은 곳이 그런 곳이지요. 그런 곳에선 신들은 잠을 자고 있습니다. 그런 곳에서 우리는 오직 합리적이기만 하거나 아니면 무의식적인 동물만큼 비합리적이지요. 이것이 '물라다라'입니다.

이것이 '물라다라'라면, 그 다음 차크라, 즉 '스바디슈타나'는 바다로 상징되는 무의식임에 틀림없습니다. 그 바다에는 사람을 잡아먹겠다고 위협하고 있는 거대한 리바이어던이 있습니다. 나아가 우리는 사람들이 이 상징들을 만들어냈다는 사실을 기억해야 합니다. 옛날 형식 그대로의 쿤달리니 요가는 틀림없이 사람들의 작품입니다. 그렇기 때문에 우리는 거기서 엄청나게 많은 남성 심리학을 예상할 수 있지요. 따라서 두 번째 차크라에 위대한 반달이 있다는 사실은 전혀 놀랄 일이 아닙니다. 당연히 이 반달은 여자를 상징하지요. 또 전체가 연꽃, 즉 파드마의 모양 속에 들어 있습니다. 연꽃은 '요니'(yoni)[24]이지요. ('파드마'는 단지 신관(神官)이 쓰는 명칭이며, 여성의 성기인 요니를 나타내고 있습니다.)
....
24 힌두교에서 여성의 성기를 형상화한 것.

동양에서는 반달이 여성의 상징이 아닙니다. 그래서 여러분이 힌두교 신자에게 이런 것들에 대해 물으면, 그 사람은 '물라다라'를 '스바디슈타나' 위에 놓을 수 있다는 점을 절대로 인정하지 않을 것입니다. 힌두교 신자들의 관점은 서양인의 관점과 전적으로 다릅니다. 여러분이 힌두교 신자들에게 태양 비유에 대해 묻는다면, 그들은 똑같이 그것을 부정할 것입니다. 그럼에도 거기에 태양 신화의 상징체계가 있다는 것을 보여줄 수 있습니다.

힌두교의 상징체계는 당연히 서양인의 상징체계와 다릅니다. 잘 아시다시피, 힌두교 신자에겐 자신이 이 세상에 있지 않는 상황도 정상적인 것으로 받아들여집니다. 따라서 여러분이 이 상징체계를 동화시킨다면, 다시 말해 여러분이 힌두교 신자의 사고방식을 채택한다면, 여러분은 정반대가 될 것입니다. 당신의 모든 것이 잘못된 것처럼 보이게 되지요. 힌두교 신자는 무의식을 위에 두고 있고, 서양인은 무의식을 아래에 두고 있습니다. 모든 것이 정반대이지요. 서양의 지도엔 남쪽이 아래에 있지만, 동양의 지도엔 남쪽이 위에 있고 북쪽이 아래에 있습니다. 동쪽과 서쪽도 서로 바뀌어 있지요.

두 번째 센터는 무의식의 특징으로 꼽히는 속성들을 두루 갖고 있습니다. 따라서 우리는 '물라다라'에서 나오는 길이 물로 이어질 것이라고 단정할 수 있습니다. 분석 치료를 받고 있지 않으면서도 이 점을 보여주는 흥미로운 꿈을 꽤 자주 꾸는 사람을 알고 있습니다. 이 사람이 꾸는 꿈은 모두 똑같습니다. 자동차를 타거나 걸어서 어떤 큰 길이나 작은 길, 혹은 오솔길을 따라 이동하는 꿈이지요. 이 사람의 꿈은 언제나 그런 이동으로 시작합니다. 그러다 마지막에는 이 모든 길이 반드시 물로, 다시 말해 두 번째 차크라로 이어졌습니다. 그게 그를 놀라게 만들었지요.

그래서 신비 의식(儀式)의 첫 번째 요구조건이 언제나 물속으로, 세례의 샘 속으로 들어가는 것입니다. 보다 높은 곳으로 발달하는 길은 물을 통하게 되어 있지요. 거기엔 괴물에 삼켜질 위험이 도사리고 있습니다. 오늘날의 기독교 세례는 거기에 속하지 않는다고 말할 것입니다. 세례에 전혀 아무런 위험이 없으니까요. 그러나 이탈리아 라벤나의 그리스 정교회의 세례당에 있는 아름다운 모자이크 그림(세례가 아직 신비 의식에 해당하던 때인 4세기나 5세기 초의 작품)을 연구한다면, 벽에 4개의 장면이 그려진 것이 확인될 것입니다. 두 개의 장면은 예수 그리스도가 요르단 강에서 세례를 받는 모습을 묘사하고 있고, 네 번째 장면은 성 베드로가 폭우 속에, 호수에 빠졌다가 구세주에게 구원을 받는 것을 묘사하고 있지요. 세례는 상징적으로 물에 빠지는 것입니다. 러시아의 일부 종파는 세례를 실감나게 하기 위해 사람을 물속으로 깊이 빠뜨립니다. 그러다 간혹 사람이 물을 심하게 마시는 일도 일어납니다. 세례는 상징적 죽음이며, 이 죽음을 통해서 새로운 생명이 나오고, 아기가 새로 탄생합니다. 입교자에게 종종 우유를 먹이지요. 아티스(Attis)[25] 숭배가 그런 예입니다. 이 숭배 의식에서 세례를 받은 사람은 8일 동안 우유를 먹었다고 합니다. 마치 아기처럼 말입니다. 그리고 이름도 새로 얻었지요.

그렇다면 '스바디슈타나' 차크라의 상징체계는 세계 어디서나 발견되는, 물을 통한 세례의 개념입니다. 세례엔 물에 빠질 위험이나 마카라(makara)[26]에게 삼켜질 위험이 따르지요. 오늘날엔 바다나 리바이어던 대신에 분석을 말합니다.

....
25 프리기아 신화와 그리스 신화에서 죽음과 부활의 신이다. 그를 숭배하는 성직자는 거세된 남자들이었다.

26 힌두 신화 속의 바다 괴물.

분석도 똑같이 위험한 일이지요. 사람이 물 밑으로 들어가서 거기서 리바이어던을 만납니다. 이 리바이어던은 부활 아니면 파괴의 원천이지요. 그리고 이 비유가 맞는다면, 태양 신화의 비유도 마찬가지로 맞을 것입니다. 세례에 관한 이야기 전부가 태양 신화 안에 있기 때문이지요. 여러분은 태양이 오후가 되면 나이가 들고 약해지는 것을 볼 수 있습니다. 그래서 태양은 물에 빠집니다. 태양은 서쪽 바다 속으로 내려가서 물 밑을 여행(밤의 바다 여행)한 다음에 아침에 동쪽에서 다시 태어납니다. 그렇다면 우리는 두 번째 차크라를 세례의 차크라 혹은 세례의 만다라라고 부를 수 있을 것입니다. 아니면 세례의 목적에 따라서 부활의 만다라나 파괴의 만다라라고도 부를 수 있을 것입니다.

'스바디슈타나' 차크라의 세부사항에 대해서도 말할 수 있습니다. 불 같이 붉은 것은 충분히 이해할 수 있습니다. '물라다라'는 보다 짙고, 피의 색깔이며, 시커먼 열정의 색깔입니다. 그러나 '스바디슈타나'의 주홍색은 훨씬 더 많은 빛을 담고 있습니다. 그리고 만약 여러분이 '스바디슈타나'가 태양의 경로와 진정으로 관계 있는 무엇인가를 갖고 있다고 단정한다면, 그것은 아마 지고 있거나 뜨고 있는 태양의 광

선일 것입니다. 새벽이나 황혼녘의 태양의 색깔은 눅눅한 기운이 도는 빨간색입니다. 그렇다면 이 두 번째 센터 뒤에 우리는 새로 탄생할 생명의 표현을 예상할 수 있습니다. 말하자면 빛이나 강렬함, 왕성한 활동의 표현이 예상되지요. 그것은 아마 '마니푸라'(manipura) 차크라[27]일 것입니다. 그러나 이 센터에 대해 논하기 전에, 우리는 두 번째 차크라를 통달해야 합니다. 동양에서 이 차크라들을 사람의 발 아래가 아니라 발 위에 놓는 것은 참 기이한 사실입니다. 서양인은 '물라다라'를 발 위에 놓을 것입니다. 아마 그것이 서양인의 의식적인 세계이기 때문이겠지요. 그 다음 차크라인 '스바디슈타나'는 아래에 놓일 것입니다. 그것이 우리의 감정이니까요. 서양인은 정말로 위에서 시작하기 때문이지요. 그렇듯, 동양과 서양 사이에 모든 것이 뒤바뀝니다. 서양인은 의식의 세계에서 시작하고, 그래서 서양인은 '물라다라'가 아래쪽 배 속이 아니라 위의 머리 속에 있다고 말할 수 있습니다. 아시다시피, 그것이 모든 것을 거꾸로 돌려놓습니다.

이제 무의식에 대해 이야기할 차례이군요. 무의식은 양 극

....
27 힌두교 전통에서 세 번째 차크라이다. 산스크리트어로 '보석들의 도시'라는 뜻이다.

단이 서로 만나는 곳입니다. 거기선 모든 것이 수시로 변하고 있습니다. 거기선 '물라다라'가 아래에도 있고 위에도 있습니다. 탄트라의 차크라 체계에도 이와 비슷한 것이 있지요. 가장 높은 센터인 '아즈나'(ajna) 차크라와 '물라다라' 차크라의 비슷한 점이 무엇입니까? 이 비슷한 점이 매우 중요합니다.

사크티(Sakti)[28]와 시바(Siva)[29]의 결합이 이뤄진다는 점입니다. '물라다라'에서 쿤달리니는 잠자는 공주와 같은 상태에서 '링가'(linga)[30]와 결합하며, '데비'(devi)[31]가 시바에게 돌아가 다시 하나가 되는 위쪽의 '아즈나' 센터에서도 이와 똑같은 상황이 벌어지지요. 여기서 데비와 시바는 다시 창조의 상태에 놓이지만, 완전히 다른 형태를 취하고 있습니다. 그들은 아래쪽에서 결합하듯이 위쪽에서도 결합합니다. 그래서 두 개의 센터는 교환이 가능해집니다.

잘 아시다시피, 이 체계를 서양인에게 적용하면서, 우리는

....
28 힌두교에서 우주의 원초적 에너지를 일컫는다.

29 힌두교의 주신 중 하나로, 파괴의 신이다.

30 힌두교의 복잡한 상징으로, 시바와 연결되어 있다. 힌두 경전에는 링가가 에너지와 힘을 나타내는 것으로 되어 있다.

31 힌두교의 여신.

그전에 서 있던 곳에서 그런 것을 동화시킬 수 있다는 것을 깨달아야 합니다. 서양인의 경우에 그 체계는 반대이지요. 서양인은 무의식으로 올라가지 않습니다. 서양인은 무의식으로 내려갑니다. 그것은 일종의 '카타바시스'(katabasis)[32]이지요. 언제나 그런 식이었습니다. 옛날의 신비 의식은 종종 지하에서 치러졌지요. 옛날에 지은 기독교 교회에도 제단 아래에 토굴 같은 것이 있습니다. 지하교회이지요. 그것은 미트라 신을 숭배하는 의식이 치러진 동굴 혹은 방이었던 '스펠라이움'(spelaeum)과 똑같습니다. 그것은 언제나 땅 속에 있는 장소였습니다. 혹은 진짜 동굴이었지요. 아티스 숭배도 동굴 안에서 이뤄졌습니다. 예수가 태어난 베들레헴의 동굴도 스펠라이움이라는 말이 있습니다. 또 여러분은 지금 로마의 성 베드로 성당이 서 있는 곳이 예전에 아티스 숭배 때 피의 세례 타우로볼리아(taurobolia)가 열리던 곳이라는 사실을 기억하실 것입니다. 그것만이 아닙니다. 아티스 숭배의 고위 성직자들은 파파라는 타이틀을 가졌으며, 예전에 로마의 주교에 불과했던 교황이 그 타이틀을 갖게 되었지

....
32 언덕을 내려가거나 바람이 가라앉거나 해가 지거나 하는 등의 하강이나 퇴보를 의미하는 그리스어 단어이다.

58

요. 아티스 신은 죽어가면서 부활하는 신으로서 진정한 역사의 연속성을 보여주고 있습니다.

하우어 교수는 사람이 무의식으로 가는 길이 두 가지라는 점을 강조하지만, 우리는 그 말을 대략적으로 받아들이고 소화할 수 있으면 그것으로 만족해야 합니다. 앞에서 동양에서는 무의식이 위에 있는 반면에 서양에서는 무의식이 아래에 있는 이유에 대해 설명했습니다. 그렇듯 서양인은 이 모든 것을 거꾸로 뒤집어놓을 수 있습니다. 마치 '물라다라'로부터 아래로 내려오는 것처럼, 또 마치 '물라다라'가 최고의 중심인 것처럼 말이지요. 물론 서양인도 동양인처럼 할 수 있습니다. 하지만 그렇게 할 경우에 서양인도 위로 올라간다는 식으로 말해야 합니다.

'물라다라'가 반드시 지하인 것은 아닙니다. '물라다라'는 땅의 성격을 갖고 있지요. 이것은 말하는 방식의 차이에 지나지 않습니다. 우리는 땅 위나 땅 속에 있습니다. 뿌리에 얽혀 있던 그 여자 환자는 단지 그녀의 개인적 삶에서 엉켜 있습니다. 그녀는 실제로 그랬던 것 같으며, 따라서 그녀는 자신을 일상의 의무나 가족과의 관계 등에서 엉켜있는 것으로 표현했습니다. 그런 그녀에게 분석 치료를 하는 것은 확실히 위로 올라가는 것이었지요. 그리고 기독교 세례를 치르는 것은 위로 올라가는 것이지만, 그렇다고 해서 세례가 물 속으로 내려가는 것에 의해 표현되는 것을 방해하지 않습니다. 예수 그리스도는 요르단 강 속으로 올라가지 않습니다.

동양에서 생각하는 무의식과 서양인이 생각하는 무의식은 다른 종류인 것 같습니다. 동양인은 무의식에 대해 완전히 달리 생각하고 있는 것 같습니다. 그러나 동양인의 무의식 개념을 놓고 논의하는 것은 쓸데없는 일입니다. 동양인이 무의식으로 여기고 있는 것이 무엇인지를 정확히 알 길이 없기 때문입니다.

산스크리트어 경전을 많이 읽었지만, 힌두교 신자들이 생각하는 무의식이 뚜렷이 잡히지 않습니다. 예를 들어, 나는 만다라 차크라를 놓고 힌두교 권위자와 서신 교환을 했습니다. 그는 만다라 차크라가 의학과 관계있다고 알려주었습니다. 또 그 사람은 만다라 차크라가 해부학적이며, 철학적 의미 같은 것은 전혀 갖고 있지 않다고 일러주었습니다. 내가 생각하는 것과 같은 개념은 그의 사고의 지평에는 들어오지 않았지요. 그는 산스크리트어 경전을 많이 읽은 사람이었습니다. 나는 그를 개인적으로는 모르지만, 그는 다카의 대학 교수입니다.

당연히 힌두교 신자들도 성격 유형에 따라 견해가 갈리지요. 또 이런 문제에 관한 한, 동양 전체가 서양인과 매우 다른 관점을 갖고 있습니다. 동양 사람들은 무의식을 인정하지 않고 있으며, 서양인이 의식이라고 부르는 것에 대해서도 그다지 많이 알지 못합니다. 동양인이 세계를 그리는 그림은 서양인의 그림과 완전히 다릅니다. 그러기에 서양인은 동양인의 세계관을 서양인의 조건에 비춰가며 이해하려 노력하는 한에서만 이해할 수 있을 뿐입니다. 그래서 나는 심리학적 관점에서 그 문제에 접근하려고 시도하고 있습니다. 그렇게 하면서 여러분들을 혼란스럽게 만들어 미안한 마음을 품고 있지만, 만약에 여러분이 이런 것들을 글자 그대로의 뜻으로 받아들인다면 훨씬 더 심각한 혼란을 겪게 될 것입니다. (여러분은 그렇게 하지 않는 것이 좋습니다.) 만약 여러분이 힌두교에서 쓰는 용어로 생각한다면, 서양인의 심리로 표면적인 힌두 체계를 구축하는 셈이지요. 절대로 여러분은 그렇게 하지 못합니다. 그렇게 한다면, 그것은 여러분 자신을 독으로 오염시키는 것이나 마찬가지입니다. 그렇기 때문에 만약에 우리가 이 모든 것을 다룬다면, 저는 무의식에 나타나는 비슷한 구조 때문에 다뤄야 하지 않을까 하고 생각하면서 겁을 먹고 있는데, 반드시 이런 식이 되어야 합니다. 먼저, '물라다라'가 이곳이라는 것을, 말하자면 이 땅의 생명이라는 것을, 그리고 여기서는 신이 잠을 잔다는 것을 깨닫거나 고려해야 합니다. 그런 다음에 여러분은 조시모스(Zosimos)[33]의 글에 나오는 단어를 빌리면 크라테르(krater)[34] 혹은 무의식으로 나아가야 합니다. 그것은 곧 이전보다 더 높은 조건이 되는 것으로 이해됩니다. 왜냐하면 그곳에서 여러분이 다른 종류의 생명에 접근할 수 있기 때문입니다. 그곳에서 여러분은 잠에서 깨어난 쿤달리니를 통해서만 이동할 수 있습니다.

이제 이 대목에서 쿤달리니에 대해서, 쿤달리니가 무엇이며 어떤 식으로 일깨워지는지에 대해 이야기해야 합니다. 여러분은 하우어 교수가 위쪽으로부터의 어떤 자극이 쿤달리니를 각성시킨다고 한 말을 기억할 것입니다. 하우어 교수는 또 쿤달리니를 각성시키기 위해선 사람이 순수한 '부디'

....

33 3세기 말과 4세기 초에 살았던 이집트 연금술사.

34 영적인 존재로의 변형이 일어나는 신비의 용기(容器) 또는 세례반으로 여겨진다.

(buddhi)[35] 혹은 순수한 혼을 가져야 한다고 말했습니다. 그렇다면, 여러분이 뱀을 깨워야만 두 번째 차크라로 전진하는 것이 가능해집니다. 그런데 이 뱀도 반드시 올바른 방법으로 깨워져야 합니다. 심리학적 언어로 표현한다면, 이 말은 여러분이 무의식에 접근할 수 있는 길은 오직 한 가지뿐이라는 뜻입니다. 말하자면 순수한 정신에 의해서만, 올바른 태도에 의해서만, 그리고 하늘의 은총에 의해서만 무의식에 접근할 수 있다는 뜻입니다. 그 길이 바로 쿤달리니이지요.

여러분의 안에 있는 무엇인가, 여러분의 안에 있는 충동이 여러분을 쿤달리니로 이끌어야 합니다. 만약에 그런 충동이 존재하지 않는다면, 그것은 인위적일 뿐입니다. 그렇기 때문에 여러분의 안에 특별한 무엇인가가, 여러분을 이끄는 어떤 불꽃이, 자극적인 무엇인가가 반드시 있어야 합니다. 그것이 여러분을 물속을 통과해 다음 센터로 향하도록 만들어야 합니다. 그것이 바로 절대로 인지되지 않는 그 무엇인 쿤달리니이지요. 쿤달리니는 말하자면 공포나 신경증, 혹은 생생한 관심으로 모습을 드러냅니다. 그러나 그것은 여러분의 의지보다 상위인 그 무엇이어야 합니다. 그렇지 않으면 여러분

....
35 추론하고, 분석하고, 식별하는 등의 지적 기능을 뜻하는 산스크리트어.

은 그것을 경험하지 못하게 됩니다. 여러분이 첫 번째 장애에 봉착할 때 발걸음을 돌리게 되기 때문이지요. 리바이어던을 보는 순간, 여러분이 달아나게 된다는 뜻입니다. 그러나 만약에 그 살아 있는 불꽃이, 그 충동이, 그 욕구가 여러분을 사로잡게 되면, 여러분은 절대로 돌아서지 못합니다. 여러분은 정면으로 맞서야 합니다.

여러분에게 그 유명한 중세의 책『꿈 속의 사랑을 위한 투쟁』(Hypnerotomachia Poliphili)에 나오는 예를 하나 제시하겠습니다. 이 예를 전에도 인용한 적이 있지요. 이 책은 어느 유명한 로마 가문의 기독교 수도사가 15세기에 쓴 것입니다. 이 수도사는 흔히 말하는 대로 무의식 속으로 들어갔습니다. 단테(Dante Alighieri)의『신곡』(Divine comedy) 중 '연옥' 편의 시작과 비슷하지만 아주 다른 단어로 표현했지요. 그는 자신을 검은 숲 속을 여행하는 존재로 묘사하고 있습니다. 검은 숲은 그 시대에 특히 이탈리아인에겐 여전히 일각수가 사는 '극북(極北)의 땅'(ultima Thule)[36]이고, 현대인인 우리로 치면 미지의 중앙아프리카의 숲 만큼이나 혹독한 땅이었지요. 거기서 그가 그만 길을 잃고 말았는데, 그때 늑

....
36 익히 알려진 세계의 경계 그 너머에 있는, 아주 먼 곳이라는 뜻.

대가 나타났지요. 처음에는 늑대가 무서웠지만, 그는 정신을 차린 뒤에 늑대를 따라 샘가로 갑니다. 거기서 물을 마시지요. 이것은 세례를 암시하는 대목입니다. 그런 다음에 그는 고대 로마 도시의 폐허를 만나고, 이어 문으로 들어가 조각상과 특이한 상징이 새겨진 비문을 봅니다. 그가 이 비문을 인용하는데, 심리학적 관점에서 보면 이 비문이 아주 흥미롭습니다. 그러다 갑자기 그는 두려움을 느끼고, 비문이 불가사의해집니다. 그가 문을 나가려고 돌아섭니다. 그때 용이 그의 뒤에 앉아서 길을 막고 있습니다. 그래서 그는 돌아가지 못합니다. 그는 오직 앞으로만 나아가야 합니다. 이 용이 바로 쿤달리니입니다. 아시다시피, 심리학적 의미에서 보면 쿤달리니는 여러분이 위대한 모험을 계속하게 만드는 바로 그것입니다. 나 자신도 "빌어먹을, 왜 나는 이런 일을 계속하려 들까?"라는 식으로 말하곤 합니다. 그러나 만약에 내가 돌아선다면, 그 길로 모험은 나의 삶에서 사라지고 나의 삶은 더 이상 아무것도 아니게 됩니다. 그러면 나의 삶은 향기를 잃어버리게 되지요. 인생을 가치 있게 만드는 것은 바로 이런 추구입니다. 이것이 쿤달리니이지요. 이것은 신성한 충동입니다. 예를 들어, 중세의 기사가 헤라클레스의 위대한 노역 같은 경이로운 위업을 이뤘을 때, 그가 용과 싸워 처녀들을 해방시켰을 때, 그것은 모두 그의 '귀부인'을 위한 것이었습니다. 그 귀부인이 바로 쿤달리니였지요. 레오와 홀리가 '그녀'를 찾기 위해 아프리카로 갈 때[37], 그리고 그녀가 그들로 하여금 믿기지 않는 모험을 하도록 촉구할 때, 그것이 쿤달리니입니다.

다시 말하면 아니마이지요. 맞아요, 아니마가 쿤달리니입니다. 그것이 힌두교에서 초승달을 남성적인 것으로 해석함에도 불구하고 내가 이 두 번째 센터가 여성적이라고 주장하는 이유입니다. 물이 부활의 자궁, 즉 세례의 샘이기 때문이지요. 달은 물론 여자의 상징입니다. 게다가 나는 시바가 여성의 형태로 묘사되고 있는 티베트의 그림을 집에 하나 두고 있습니다. 이 그림 속의 시바는 매장지에서 시신들 틈에서 춤을 추는 모습입니다. 어쨌든, 달은 언제나 죽은 자의 영혼을 받아들이는 그릇으로 이해되고 있습니다. 죽은 자의 영혼은 사후에 달로 옮겨가고, 달은 태양 안에서 영혼들이 다시 태어나게 합니다. 달은 먼저 죽은 영혼들로 꽉 찹니다. 그것이 만월이지요. 그런 다음에 달은 그 영혼들을 해에게로 넘

....
37 라이더 해거드(Rider Haggard)의 작품 '쉬'(She)에 관한 내용이다.

깁니다. 거기서 영혼들은 새로운 생명을 얻지요(마니교 신화). 그래서 달은 부활의 상징입니다. 그렇다면 이 차크라 속의 달은 위에 있지 않습니다. 그것은 아래에 있습니다. 위쪽 차크라, 즉 '마니푸라'와 '아나하타'로 영혼들을 흘려보내는 그릇처럼 말입니다. 잘 아시다시피, 여기서 다시 태양 신화가 등장하고 있습니다.

1932년 10월 19일

계속 차크라들에 대해 논하도록 하겠습니다. 여러분은 지난 시간에 '물라다라' 차크라의 상징물들이 지닌 의미를 분석할 것이라고 한 말을 기억할 것입니다. 여러분은 아마 이 상징들을 분석하면서 우리가 꿈 분석에서 이용하는 방법과 똑같은 방법을 따른다는 사실을 간파했을 것입니다. 모든 상징을 살피고, 그 상징들 전체가 암시하는 의미를 파악하려고 노력하고 있지요. 그 결과, '물라다라'는 우리가 이 땅 위에서 의식적으로 영위하고 있는 개인적인 존재의 상징이라는 결론에 이르게 되었습니다.

그 주장을 여기서 간단히 되풀이하면 이렇습니다. '물라다라'는 땅의 상징으로 해석됩니다. 가운데의 사각형은 땅이고, 코끼리는 땅을 떠받치는 힘이고 정신적 에너지, 즉 리비도입니다. 그렇다면 뿌리 지주를 의미하는 '물라다라'라는 명칭은 또한 우리가 존재의 뿌리 영역에 있다는 것을 보여줍니다. 이 같은 존재는 개인이 이 땅 위에서 영위하는 육체적 존재일 것입니다. 매우 중요한 또 다른 속성은 신들이 잠을 자고 있다는 점입니다. '링가'는 하나의 단순한 씨앗이고, 잠자는 공주, 즉 쿤달리니는 아직 나타나지 않은 어떤 세상의 가능성입니다. 그렇다면 그것은 사람이 유일하게 활동하는 힘이고 신들 혹은 비아(非我)의 힘은 아직 아무런 효과를 발휘하지 못하는 그런 조건을 암시합니다. 그런 조건에선 신들 혹은 비아의 힘들은 사실상 아무것도 하지 못합니다. 그것이 현대 유럽인들의 의식의 상황과 너무나 유사합니다. 그 외에 그 상징 자체에는 드러나지 않지만 힌두교의 해설서에 나타나는 또 다른 특성이 하나 있습니다. 말하자면, 이 차크라가 낮은 곳에 위치해 있다는 사실이지요. 이 같은 사실은 사물에 완전히 다른 의미를 부여할 수 있습니다. 왜냐하면 그것이 우리의 육체 안에 있는 그 무엇이기 때문입니다. 그런데 서양인은 그것이 우리의 육체 밖에 있다고, 말하자면 우리의 의식적인 세계라고 결론을 내렸습니다. 힌두교의 해설서들이 의식의 세계를 육체 안에 놓는 것은 서양인에게 매우 놀라운 사실입니다.

우리는 힌두교의 이런 해설을 어떤 환자가 꿈이나 환상에서 일으키는 연상으로 받아들일 수 있습니다. 이 환자의 생각에 따르면, 그 연상은 그의 배 속에 있는 그 무엇일 것입니다. 이 환자가 그런 식으로 말하는 이유는 무엇일까요? 아마도 여기 3차원의 공간에서 육체적으로 영위하고 있는 우리의 존재가 정말로 지금 논의 중인 상징과 어떤 관계를 갖고 있기 때문일 것입니다. 아마 그것은 복부로 비유될 수 있는 어떤 조건일 것입니다. 마치 우리가 배 속에 있는 것처럼 말입니다. 그리고 배 안에 있다는 것은 우리가 어머니의 안에, 발달을 시작할 조건에 있다는 것을 의미할 가능성이 아주 큽니다. 이 같은 관점은 우리의 상징체계에 특별한 빛을 비출 것입니다. 이 같은 관점은 우리의 실질적 존재인 이 세상은 일종의 자궁이라는 생각을, 우리는 단지 시작에 불과하며 아직 태아도 아니라는 생각을, 우리는 자궁 속의 난자처럼 아직 수정되어야 할 씨앗이라는 생각을 전할 것입니다. 물론 이것은 단지 힌두교 신자가 세상을 어떤 식으로 보고 있는지를 보여주는 하나의 해설에 불과합니다. 아마 힌두교 신자는 자신의 의식의 세계를 단순히 배양장 같은 곳으로 이해하고 있을 것입니다.

지금 그 해설은 철학의 한 조각입니다. 여러분도 아시다시피, 그것은 기독교 철학과 비슷합니다. 기독교 철학에 따르면, 개인이 현실 속에서 영위하는 존재는 오직 일시적일 뿐입니다. 우리는 이 조건에 머물면 안 됩니다. 우리는 보다 훌륭한 존재가 된다는 목표를 이루기 위해 이 땅에 태어났습니다. 그러기에 죽을 때 우리는 천사가 되어야 합니다. 이슬람 세계에도 이와 너무나 비슷한 사상이 있습니다. 나는 카이로에 있는 칼리프들의 무덤에서 어느 아랍인과 대화한 내용을 지금도 또렷이 기억하고 있습니다. 그때 나는 멋진 양식으로 만든 어떤 무덤에 감탄하고 있었습니다. 정말 아름다운 무덤이었지요. 그 아랍인은 내가 감탄을 연발한다는 것을 눈치채고 이렇게 말했습니다.

"유럽인들은 정말 재미있는 사람들인 것 같아요. 이 집에 감탄해야 할 사람은 아랍인들이고, 또 그것이 우리가 믿고 있는 바이지요. 유럽인들은 달러와 자동차, 철도를 믿고 있어요. 하지만 짧은 기간 머물 집을 짓는 것과 오랜 기간 머물 집을 짓는 것 중 어느 쪽이 더 현명한가요? 만약에 몇 년 만 어떤 장소에 머문 다음에 50년 동안 다른 곳에 머물게 될 것 이라는 사실을 알고 있다면, 당신은 겨우 몇 년 머물 집을 짓 겠습니까, 아니면 50년을 머물 집을 짓겠습니까?"

당연히 나는 "50년 살 집을 지어야지요."라고 대답했습니 다. 그러자 아랍인이 이렇게 말하더군요. "우리 아랍인들이 바로 그렇게 하고 있지요. 아랍인들은 영원히 살 수 있는 곳 에, 가장 오랫동안 살 수 있는 곳에 집을 짓지요." 이것이 많 은 사람들의 견해입니다. 힌두교 신자도 그렇고, 기독교 신 자도 그렇고, 이슬람 신자도 그렇습니다. 그들의 생각에 따 르면, '물라다라'는 일시적인 것이고, 사물들이 시작하는 그 런 발아의 조건입니다. 물론 이 같은 생각은 오늘날의 사람 들이 믿는 것과는 많이 다르지요. 우리는 신문을 읽으며 정 치와 경제의 세계를 들여다봅니다. 그러면서 이 세계가 결정 적으로 중요하다는 식으로 믿지요. 마치 모든 것이 통화(通 貨)나 전반적인 경제 조치에 달려 있는 것처럼 말입니다. 우 리 모두는 경제에 거의 미쳐 있습니다. 그런 모습을 지켜보 고 있으면 마치 경제에 관심을 두는 것이 무슨 특별한 권리처럼 보입니다. 그러나 그렇지 않은 사람들도 셀 수 없이 많습니다. 이 세상의 의미에 대해 우리와 완전히 다른 견해를 가진 사람들의 숫자와 비교하면, 우리의 숫자는 극소수입니다. 우리와 다른 견해를 가진 사람들의 눈에 우리는 그냥 우스꽝스럽게 보일 뿐입니다. 우리가 세상에 대해 일종의 망상을 품은 가운데 그 망상 속에 살고 있기 때문이지요. 그렇다면 지금까지 말한 요가 철학의 관점은 철학적 및 종교적 세계의 일반적인 경향의 한 부분입니다. '물라다라'를 하나의 과도적 현상으로 보는 것은 매우 일반적인 경향입니다.

우리의 목적을 위해 이런 특별한 철학적 논평은 피하도록 하지요. 철학적 논평도 아주 재미있긴 하지만, 그쪽을 얘기하다가 우리의 논의가 방해를 받는 일은 없어야 합니다. 여기서 우리는 다음과 같은 것들을 당연한 것으로 받아들여야 하기 때문이지요. 지금 우리가 발을 딛고 있는 이 세상이 실제 사건들이 일어나고 있는 세상이고, 이 세상이 유일한 세상이며, 이 세상 너머엔 아마 아무것도 없을 것이라는 점을, 적어도 우리에게 증명될 수 있는 그런 경험은 절대로 없을 것이라는 점을 받아들이자는 뜻입니다. 우리는 지금 이 순간의 현실에 관심을 둬야 하고, '물라다라'의 상징에 나타나듯이, 우리는 다른 영원한 질서를 나타낼 신들은 모두 잠들어 있다고 말해야 합니다. '물라다라'에서 신들은 아무런 효력을 발휘하지 못하고 아무것도 의미하지 않습니다. 그럼에도 우리는 이 의식의 영역의 한가운데에 다른 종류의 의식을 낳을 씨앗이, 당분간 활동하지 않고 있는 씨앗들이 있다는 점을 인정할 수 있습니다. 그렇다면 심리학적 차원에서 볼 경우에 우리의 의식 안에도, 다시 말해 우리가 "유일하고"명확하고 자명하고 진부하다고 믿고 있는 그 의식의 영역 안에도 삶에 대한 또 다른 인식을 낳을 무엇인가의 불꽃이 있는 것이 확실해집니다.

이것은 단지 널리 팽배한 어떤 조건에 관한 진술에 지나지 않습니다. 말하자면, 세상 전체의 의견 일치를 뜻하는 일반적 합의를 통해, 우리의 평범한 의식의 안 어딘가에 그런 불꽃 같은 것이 있는 것으로 사람들 사이에 이해되고 있습니다. 잠자고 있는 신들 혹은 하나의 씨앗이 있습니다. 이 잠자는 신들 혹은 씨앗이 사람들로 하여금 언제든 '물라다라'의 세계를 완전히 다른 관점에서 보도록 할 수 있습니다. 그러면 사람들은 심지어 '물라다라'를 만물이 시작하는 줄기의 밑동 속으로 집어넣을 수도 있을 것입니다. 이것은 곧 우주적인 세계라는 거대한 몸통 안에서 '물라다라'의 세계가 가장 낮은 곳을, 시작이 이뤄지는 곳을 차지할 수도 있다는 뜻입니다. 그러면 우리가 긴 역사와 긴 진화의 정점으로 받아들이는 그것이 진정으로 배양에 유용한 환경이 될 것이고, 위대하고 중요한 것들은 그 환경보다 더 높은 곳에 있으면서 장차 현실로 나타나게 될 것입니다. 이는 우리가 복부 아래쪽에서 느끼고 있는 무의식의 내용물이 서서히 표면으로 올라오면서 의식이 되는 것과 정확히 맞아떨어지지요. 그러면 우리는 이거야말로 확실하다거나, 이거야말로 명확하다거나, 이거야말로 우리가 추구하고 있는 바로 그것이라는 식으로 확신을 갖기 시작합니다. 무의식의 내용물은 복부 아래쪽에 있는 동안엔 우리의 기능들을 방해했을 뿐입니다. 그때 그것은 작은 씨앗이었지요. 그러나 지금 무의식의 내용물은 씨앗의 껍질을 깨고 나와 하나의 태아가 되어 있습니다. 혹은 무의식의 내용물은 의식에 닿으면서 서서히 한 그루의 나무로 보이기 시작할 것입니다.

'물라다라'의 상징을 이런 식으로 본다면, 여러분은 요가의 목적이 쿤달리니를 일깨우는 것에 있다는 사실을 이해할 수 있습니다. 쿤달리니를 일깨운다는 것은 곧 신들을 세상으로부터 분리시킨다는 뜻입니다. 잠을 자고 있는 신들이 활동하도록 하기 위해서지요. 그러면 사람은 다른 질서를 시작시킬 수 있게 됩니다. 신들의 관점에서 보면, '물라다라'의 세계는 어린아이의 놀이보다도 더 하찮습니다. 그것은 땅 속의 씨앗 하나이며, 단순히 하나의 잠재력에 지나지 않습니다. 우리의 의식 세계 전체는 단지 미래의 씨앗 하나일 뿐입니다. 그리고 여러분이 쿤달리니를 일깨우는 데 성공하고, 그리하여 쿤달리니가 잠재력의 상태에서 빠져나오기 시작할 때, 여러분은 반드시 어떤 세계를 작동시키게 되어 있습니다. 이 세계는 영원의 세계로, 지금 우리가 살고 있는 세계와는 완전히 딴판이지요.

바로 여기서 내가 이 문제에 대해 장황하게 이야기하고 있는 이유가 분명히 드러날 것입니다.

예전의 세미나에서 내가 일련의 환상들은 개인을 뛰어넘는 그런 종류의 경험이라는 점을 지적하면서 우리 환자의 개인적인 측면에 대한 이야기를 특별히 아꼈던 이유를 설명한 적이 있는데, 여러분은 그걸 기억하고 있을지 모르겠습니다. 이 여자 환자의 환상에 비하면, 환자의 개인적인 측면은 무시해도 아무런 문제가 되지 않기 때문입니다. 그녀의 환상은 곧 모든 사람의 환상이 될 수 있지요. 왜냐하면 그 환상이 비개인적이고, '물라다라'의 세계에 해당하지 않고 쿤달리니의 세계에 해당하기 때문이지요. 그녀의 환상들은 아무개 부인의 발달이 아니라 쿤달리니의 발달을 진정으로 의미하는 경험들입니다. 틀림없이, 매우 유능한 분석가는 그 자료를 바탕으로 그녀의 삶에서 일어난 일련의 개인적 사건들을 분석할 수 있을 것입니다. 그러나 그 분석은 '물라다라'의 관점에서, 말하자면 이 세상을 명확한 세상으로 보는 우리의 합리적인 관점에서 분석하는 선에서 그칠 것입니다. 그러나 쿤달리니 요가의 관점에서 본다면, 그런 측면은 관심사가 아닙니다. 그것이 단지 우연적이기 때문이지요. 쿤달리니 요가의 관점에서 보면, '물라다라' 차크라는 망상의 세계입니다. 비개인적 경험인 신들의 세계가 '물라다라'의 심리학에서 보면, 다시 말해 합리적인 세계관으로 보면 당연히 하나의 망상으로 보이는 것처럼 말이지요.

내가 이 특별한 상징체계에 대해 길게 논하는 이유는 이 상징체계가 여러분에게 비개인적 경험이라는 것이 무엇인지를 보여줌과 동시에, 두 가지 관점이 당혹스런 모순을 낳고 있는 인간 심리의 특이한 이중성이 어떤 것인지를 이해할 수 있는 드문 기회를 제공하기 때문입니다. 한편으로, 개인적인 측면이 있습니다. 이 측면에서 보면 오직 개인적인 것들만이 유일하게 의미를 지닙니다. 다른 한편에, 그와 다른 심리학이 있습니다. 이 심리학 안에서는 개인적인 것들은 완전히 무시당하고, 무가치하고, 헛되고, 착각을 일으키는 것으로 여겨집니다. 여러분이 기본적으로 갈등을 겪기 마련이고, 여러분이 다른 관점의 가능성을 갖고 있는 것은 바로 두 가지 측면이 존재하기 때문이지요. 그런 까닭에 여러분은 비판하고, 판단하고, 인식하고, 이해할 수 있습니다. 왜냐하면 여러분이 어떤 사물과 하나가 될 때에는 그것과 똑같아지고, 그런 상태에서는 그것을 비교하지도 못하고, 식별하지도 못하고, 인지하지도 못하기 때문입니다. 여러분은 무엇인가를 이해하길 원한다면 언제나 기준점을 여러분의 밖에 두고 있어야 합니다. 그렇다면 문제가 많은 성격 때문에 주변 사람들과 많은 갈등을 빚는 사람이 최고의 이해력을 끌어낼 수 있는 사람입니다. 그런 사람이 문제가 많은 성격 때문에 다른 측면들을 보게 되고 그 측면들을 서로 비교 판단할 수 있기 때문이지요. 우리는 우리의 밖에서 사물을 보는 관점을 갖지 않는 한 이 세상을 절대로 제대로 판단하지 못할 것입니다. 그런데 그런 관점을 제공할 수 있는 것이 바로 종교적 경험의 상징체계입니다.

요가 수행자나 서양 사람이 쿤달리니를 일깨우는 데 성공한다면, 그때 시작되는 것은 어쨌든 개인적 발달은 아닙니다. 물론 비개인적 발달이 나중에 개인의 지위에 영향을 미칠 수 있고 또 실제로 그런 영향이 종종 확인되지만, 그 시작은 결코 개인적인 발달이 아니지요. 그러나 일이 언제나 그런 식으로 진행되는 것은 아닙니다. 처음 시작하는 것은 비개인적인 사건들인데, 여러분은 이 사건들과 자신을 동일시하면 안 됩니다. 만약 여러분이 이 사건들과 자신을 동일시한다면, 여러분은 금방 불쾌한 결과를 느끼게 될 것입니다. 여러분이 자아 팽창을 겪으면서 모든 것을 망쳐놓을 수 있기 때문이지요. 바로 그것이 무의식을 경험하는 데 따르는 문제 중 하나입니다. 사람이 무의식과 동일시하다가 바보가 되어 버리지요. 여러분은 절대로 무의식을 자신과 동일시해서는 안 됩니다. 여러분은 자신의 밖에 서 있어야 하고, 자신과 떨어져 있어야 합니다. 그래야만 자신에게나 주변에서 일어나는 일들을 객관적으로 관찰할 수 있게 됩니다. 그러나 그런 경우에 여러분은 비개인적인 질서 속에서 일어나는 모든 사건들이 매우 불쾌한 어떤 특성을 보인다는 사실을 확인할 것입니다. 그 사건들이 우리에게 붙어서 떨어지지 않으려 하거나 우리가 그 사건들에 매달리는 느낌을 받게 된다는 뜻입니다. 마치 쿤달리니가 위로 올라가면서 우리를 끌어당기거나, 특히 처음에 우리가 그 움직임의 일부처럼 느껴지지요.

우리가 일부처럼 느껴진다는 말은 맞는 말입니다. 그때 우리가 신들을 안에 갖고 있기 때문이지요. 신들은 우리 안에, '물라다라' 안에 씨앗들로 있지요. 이 신들이 움직이기 시작할 때, 지진 같은 격변이 일어납니다. 당연히 우리도 흔들리지요. 우리의 집도 무너져 내립니다. 이런 격변이 일어날 때, 이 격변에 의해 우리가 옮겨집니다. 그러면 당연히 우리는 위쪽으로 이동하고 있다고 생각할 수 있을 것입니다. 그러나 사람이 스스로 날아오르는 것과 거대한 바람이나 파도에 의해 떼밀려 높이 올라가는 것은 천지 차이입니다. 날아오르는 것은 그 사람 자신의 행위여서 다시 안전하게 내려올 수 있지만, 다른 것에 떼밀려 위로 올라가는 것은 그 사람 자신이 통제할 수 있는 행위가 아니어서 잠시 뒤에 그가 아주 불쾌한 방식으로 아래로 처박힐 수 있기 때문입니다. 후자의 경우에 자칫 재앙이 될 수도 있습니다. 그렇다면 이런 경험과 자신을 동일시할 것이 아니라 마치 이런 경험이 인간의 영역 밖에 속하는 것처럼 다루는 것이 현명합니다. 그것이 가장 안전한 방법이며 동시에 절대적으로 필요한 방법입니다. 그런 식으로 접근하지 않으면, 여러분은 자아 팽창을 겪게 될 것입니다. 자아 팽창은 광기나 다름없지요. 광기를 순화해 달리 표현한 것에 지나지 않습니다. 자아가 너무 심하게 팽창하는 경우에 터져버리게 되지요. 바로 그것이 정신분열증입니다.

당연히, 비개인적인 정신적 경험이라는 개념이 우리에겐 매우 낯설지요. 또 이런 개념을 받아들이기도 대단히 어렵습니다. 그건 우리가 각자의 무의식은 자신의 것이라는 사실에 지나치게 강하게 집착하기 때문이지요. 나의 무의식, 그의 무의식, 그녀의 무의식이라는 식입니다. 그러다 보니 그 같은 편견이 너무나 강하게 되었고, 그 결과 우리가 무의식을 멀찍이서 보는 것이 대단히 어렵게 되어 버렸지요. 설령 우리가 비아(非我)의 경험이 있다는 점을 인정한다 하더라도, 비아의 경험이라는 것이 무엇인지를 알기까지 또 머나먼 길을 걸어야 합니다. 이 비아의 경험이 비밀로 남아 있는 이유가 바로 그 때문이지요. 비아의 경험은 신비로운 것으로 여겨지고 있습니다. 일상의 세계가 그런 경험을 이해하지 못하기 때문이지요. 사람들은 자신이 이해하지 못하는 것이면 무엇이든 신비롭다는 식으로 생각하는 경향이 있습니다. 신비롭다는 단어 하나로 모든 것을 표현하려 들지요. 그러나 중요한 것은 사람들이 신비하다고 부르는 것이 단지 분명하지 않은 것이라는 점입니다. 그래서 요가의 길(道)이나 요가 철학은 언제나 비밀입니다만, 사람들이 그것을 비밀로 간직해서 그런 것이 아닙니다. 왜냐하면 여러분이 어떤 비밀을 간직하는 즉시 그것이 공개된 비밀이 되기 때문이지요. 여러분도 그 비밀에 대해 알고 있고, 다른 사람들도 그 비밀에 대해 알고 있으니까요. 그러면 그것은 더 이상 비밀이 아니지요. 진정한 비밀은 아무도 그것을 이해하지 못하기 때문에 비밀입니다. 진정한 비밀에 대해서는 사람들이 말조차 하지 못하지요. 바로 그런 비밀이 쿤달리니 요가의 경험이지요. 어떤 경험이 여러분으로 하여금 차라리 그것에 대해 말하지 않는 것이 더 낫겠다고 생각하게 하는 그런 종류의 경험일 때, 그 경험을 비밀로 간직하려 하는 경향은 자연스런 결과입니다. 이때 여러분이 말을 하지 않는 게 낫겠다고 판단하는 이유는 여러분 자신을 오해나 엉터리 해석에 노출시킬 위험이 있기 때문입니다. 그런 것이 진정한 비밀이지요. 설령 그 경험이 이미 확정된 어떤 형식을 갖춘 일들을 교리에 따라 하게 되는 것일지라도, 그 경험을 통해 처음에 받았던 원래의 인상이 생생하게 살아 있는 한 여러분은 그걸 계속 덮어두는 것이 더 바람직하다고 느낄 것입니다. 이 세상에서 이해를 얻기가 힘들겠다거나, '물라다라' 세계의 확신을 파괴하는 영향을 미칠 것 같다는 느낌이 들 수 있는 것입니다.

왜냐하면 '물라다라' 세계의 확신들이 우리에게 매우 필요하기 때문이지요. 여러분이 합리적인 존재가 되고, 여러분이 이 세계의 명확성을 믿고, 이 세계가 역사의 정점이 되고 가장 바람직한 것이 되는 것은 지극히 중요한 일입니다. 이런 확신은 생명에 절대적으로 필요합니다. 이런 확신이 없다면, 여러분은 '물라다라' 세계와 떨어진 상태에 남게 됩니다. '물라다라' 세계에 절대로 닿지 못하지요. 심지어 태어나지도 못할 것입니다. 아직 태어나지 못한 사람들이 많습니다. 그런 사람들도 전부 여기서 살면서 이리저리 돌아다니지만, 실은 아직 태어나지 않은 것이나 마찬가지입니다. 그들이 지금도 어떤 유리벽 같은 것 뒤에 있고, 자궁 속에 있기 때문입니다. 그들은 오직 가석방과 비슷한 상태로 이 세상 안에 있으며 곧 자신이 처음 시작되었던 플레로마(pleroma)[38]로 돌아갈 것입니다. 그들은 이 세상과의 연결을 형성하지 않았지요. 그들은 공중에 붕 떠 있고, 신경증적이고, 잠정적 삶을 살고 있습니다. 그들은 이런 식으로 말하지요. "지금 나는 여차여차한 상태에 살고 있어. 만약 부모님이 나의 소망을 모두 받아준다면, 나는 이곳에 머물 거야. 그러나 만약에 부모님이 내가 원하지 않는 방향으로 행동한다면, 나는 그 자리에서 죽어버릴 거야." 잘 알듯이, 그것은 잠정적인 삶이고, 조건부의 삶이며, 선박의 밧줄만큼 두꺼운 탯줄로 플레로마와, 다시 말해 휘황찬란한 원형의 세계와 연결되어 있는 사람의 삶이지요. 이제 여러분이 태어나는 것이 가장 중요한 일입니다. 여러분은 이 세계 속으로 들어와야 합니다. 그렇지 않고서는 여러분은 자기를 실현시킬 수 없으며, 이 세상의 목적은 실종되고 말지요. 그렇게 되면 여러분은 인정사정없이 용광로로 내던져져 다시 태어나야 합니다.

힌두교 신자들은 이와 관련해 대단히 흥미로운 이론을 갖고 있습니다. 나는 형이상학에 강하지 않습니다만 형이상학에 엄청나게 많은 심리학이 들어 있다는 점을 인정하지 않

··········
38 신성한 힘의 완전성을 뜻하는 그리스어.

을 수 없습니다. 아시다시피, 사람은 이 세계 안에 있어야 하고, 또 그렇게 함으로써 자신의 엔텔레키아를, 생명의 씨앗을 실현시키는 것이 정말로 중요합니다. 그렇게 하지 못하는 사람은 절대로 쿤달리니를 작동시키지 못하고, 자신을 무의식으로부터 떼어놓지 못합니다. 그러면 여러분은 그냥 뒤로 내던져지고, 아무 일도 일어나지 않게 됩니다. 이것은 전혀 아무런 가치를 지니지 못하는 경험입니다. 여러분은 이 세상을 믿어야 하고, 뿌리를 내려야 하고, 최선을 다해야 합니다. 설령 여러분이 너무나 터무니없는 것을 믿어야 할지라도, 예를 들어, 이 세상이 매우 명확하다거나, 이런저런 협정을 맺거나 맺지 않는 것이 절대적으로 중요하다고 믿어야 할지라도 말입니다. 그런 확신이 완전히 무익할지라도, 단지 조약에 여러분의 서명을 남기기 위해서라도 여러분은 그것을 믿고, 그 믿음을 거의 종교적 확신으로 만들어야 합니다. 그러면 여러분의 흔적이 남게 됩니다. 여러분은 여러분이 이곳에 살았고, 여러분이 이곳에 삶으로 해서 무슨 일인가가 일어났다는 점을 말해주는 흔적을 이 세상에 남겨야 하기 때문이지요. 만약 이런 종류의 일이 전혀 일어나지 않는다면, 여러분은 자신을 실현시키지 않은 것입니다. 말하자면 생명의 씨앗이 발아를 막고 있던 두꺼운 공기층으로 사라져 버린 것이지요. 그 생명의 씨앗은 땅에 닿지도 못했습니다. 그러니 싹을 틔워 식물로 성장할 기회는 더더욱 없었던 것이지요. 그러나 만약에 여러분이 지금 몸담고 있는 현실과 접촉하는 가운데 몇 십 년 동안 머물면서 거기에 어떤 흔적을 남긴다면, 그런 경우엔 비개인적인 과정이 시작될 수 있습니다. 잘 아시다시피, 새싹은 땅에서 나와야 합니다. 만약 개인적인 불꽃이 땅속으로 파고들지 못한다면, 거기서 아무것도 나오지 않을 것입니다. 거기에는 '링가'나 쿤달리니가 절대로 없을 것입니다. 여러분이 아직도 여전히 그 전의 세상 안에 머물러 있기 때문이지요.

내가 말하는 바와 같이, 만약에 여러분이 자신의 엔텔레키아를 완성하는 데 성공한다면, 땅에서 새싹이 나올 것입니다. 말하자면 이 세계와, 힌두교의 용어를 빌리면 마야(Maya)[39]의 세계와 분리될 가능성이 생겨난다는 뜻입니다. '물라다라' 차크라에서 우리는 그 세계와 아주 똑같습니다. 우리는 뿌리와 뒤엉켜 있고, 우리 자신이 뿌리입니다. 우리

....
39 글자 그대로의 의미는 망상이지만, 맥락에 따라서 탁월한 능력, 지혜 등의 다양한 뜻을 지닌다.

가 뿌리를 만들고, 우리는 흙 속에 뿌리를 박고 있습니다. 그런 상황에선 우리를 위해 멀찍이 떨어지려는 노력 따위는 전혀 일어나지 않습니다. 우리가 살아 있는 동안엔 거기에 그렇게 있어야 하기 때문이지요. 우리가 스스로를 승화시켜 완전히 영적인 존재가 될 수 있다는 생각은 하나의 자아 팽창입니다. 미안한 말이지만, 완전한 영적 존재가 되는 것은 불가능한 일입니다. 말도 안 되는 소리이지요. 따라서 우리는 새로운 길을 모색해야 합니다. 그래서 비개인적인 것에 대해 말하고 있습니다. 다른 시대였다면 아마 다른 용어를 찾았을 것입니다.

아시다시피, 인도 사람들은 "개인적"이나 "비개인적" "주관적" "객관적" "자아" "비아" 같은 말을 쓰지 않습니다. 그들은 개인적 의식인 '부디'나 이와 다른 것인 쿤달리니에 대해 말합니다. 그들은 이 두 가지를 동일시하는 것에 대해서는 꿈도 꾸지 않습니다. 인도인들은 "나 자신이 쿤달리니이다."라는 식으로는 절대로 생각하지 않습니다. 오히려 그 반대이지요. 그들은 신성(神性)을 경험할 수 있습니다. 그들이 신과 인간의 절대적 차이를 너무나 깊이 자각하고 있기 때문이지요. 서양인은 처음부터 신성과 동일합니다. 서양인의 신들이 단순히 의식적인 추상 관념이 아니고 말하자면 씨앗이나 기능 같은 것이기 때문이지요. 서양인의 안에서 신성한 것은 위(胃)의 신경증으로, 혹은 대장이나 방광의 신경증으로 나타납니다. 요약하면 지하세계의 소란으로 나타나지요. 서양인의 신들은 잠을 자고 있습니다. 서양인의 신들은 오직 땅의 내장 속에서만 소동을 일으킵니다. 서양인이 의식적으로 생각하는 신의 개념이 추상적이고 멀기 때문입니다. 누구도 신에 대해 말하려 하지 않습니다. 신은 터부가 되었거나, 아무도 바꿔주려 하지 않는 닳아빠진 주화가 되어 버렸지요.

쿤달리니 요가는 차크라 체계를 통해서 그런 비개인적인 삶의 발달을 상징하고 있습니다. 따라서 쿤달리니 요가의 상징은 동시에 입회 의례의 상징이고 또 우주 발생의 신화이지요. 여러분에게 한 가지 예를 들려줄 생각입니다. 푸에블로 인디언의 신화에 이런 것이 있습니다. 푸에블로 인디언은 사람이 땅 속의 칠흑 같은 동굴 속에서 생겨났다고 믿습니다. 엄청나게 긴 시간 동안 미천한 벌레 같은 존재를 영위한 뒤에, 하늘에서 두 명의 사자(使者)가 내려와서 온갖 식물을 심었답니다. 마지막으로 두 명의 사자는 어떤 막대기를 발견했는데 이것이 지붕을 뚫을 만큼 길었으며 지붕에서 사다리처럼 연결되었다고 합니다. 그래서 인간은 막대기를 타고 올라가 다음 동굴의 바닥에 도달할 수 있었다지요. 그러나 두 번째 동굴도 여전히 어두웠습니다. 인간은 한참 뒤에 다시 막대기를 지붕에 받치고 그걸 타고 올라가 세 번째 동굴에 닿았습니다. 이런 식으로 해서 인간은 마침내 네 번째 동굴까지 올라갔습니다. 거기엔 빛이 있었지만 귀신처럼 흐릿한 빛이었지요. 그래도 그 동굴은 땅의 표면 쪽으로 활짝 열려 있었습니다. 그리하여 인간은 처음으로 표면에 닿을 수 있었지요. 그러나 지구의 표면은 여전히 어둑했습니다. 이어 인간은 밝은 빛을 일으키는 법을 배웠고, 이 빛으로 마침내 태양과 달이 만들어지게 되었답니다.

여러분도 아시다시피, 이 신화는 의식이 생겨나는 과정을, 의식이 한 단계씩 높아지는 과정을 아주 아름답게 묘사하고 있습니다. 그 단계들이 차크라이지요. 자연적 성장 과정을 거치는 의식의 새로운 세계들인 것입니다. 또 이것은 모든 입회 의식의 상징체계입니다. '물라다라'에서 자각이 일어나고, 거기서부터 물속으로 들어가지요. 이 물은 마카라라는 바다 괴물의 위험이 도사리고 있고 바다의 삼키는 특성이나 속성을 갖고 있는 세례의 샘입니다.

여러분이 이 위험을 통과할 경우에 닿게 되는 다음 단계는 '마니푸라'입니다. 이 단어는 보석으로 가득하다는 뜻입니다. 그것은 불의 센터이고, 정말로 태양이 솟는 곳이지요. 이제 태양이 나타납니다. 세례 후에 최초의 빛이 생겨납니다. 이것은 이시스 신비 의식 중 입회 의식과 비슷합니다. 아풀레이우스(Apuleius: A.D. 125-170)에 따르면, 이 의식이 치러질 때면 입회하는 사람이 마지막에 좌대에 올려져 헬리오스 신으로 받들어집니다. 이는 세례 의식 뒤에 따르는 신격화입니다. 이제 여러분은 새로운 존재로 태어나고, 여러분은 매우 다른 존재가 되고, 다른 이름까지 갖게 됩니다.

가톨릭 세례식에서, 대부가 아이를 잡고 있고 성직자가 촛불을 들고 아이에게 다가가 "내가 너에게 영원의 빛을 주리라."라고 하는 장면에서 이 모든 것이 아름답게 구현되는 것을 볼 수 있습니다. 성직자가 하는 이 말은 내가 너를 태양과 연결시키고 신과 연결시키겠다는 뜻입니다. 그러면 여러분은 불멸의 영혼을 받습니다. 그 전까지 여러분이 갖지 못했던 영혼이지요. 이제 여러분은 다시 태어나게 됩니다. 예수는 요르단 강에서 세례를 받으면서 자신의 임무를 받고 신의 혼을 받습니다. 그는 세례를 받은 뒤에야 크리스토스

(Christus)[40]가 됩니다. 크리스토스가 기름부음을 받은 자라는 뜻이기 때문이지요. 예수도 "다시 태어납니다". 이제 그리스도는 목수의 아들 예수였을 때와 달리, 죽을 운명을 타고난 평범한 사람들보다 위에 있습니다. 그는 지금 크리스토스이고, 비개인적이거나 상징적인 인격이고, 더 이상 이 가족이나 저 가족에 속하는 한 사람의 개인이 아닙니다. 그는 세상 전체에 속하며, 이 역할이 그의 삶에서 요셉과 마리아의 아들이었을 때보다 훨씬 더 중요한 역할이라는 것이 분명해집니다.

그래서 '마니푸라'는 신과 동일시되는 센터입니다. 이곳에서 사람은 신성의 일부가 되고, 불멸의 영혼을 갖습니다. 여러분은 이미 더 이상 시간 안에 있지 않고 3차원의 공간 안에도 있지 않는 신성의 일부가 되었습니다. 지금 여러분은 시간은 하나의 확장이고, 공간도 존재하지 않고 시간도 없는 4차원의 질서에 속합니다. 거기엔 오직 무한한 지속, 즉 영원만 있지요.

이것은 세계 전역에 걸쳐서 확인되고 있는 고대의 상징체계입니다. 기독교 세계에서만 아니라 이시스 신비의 입회 의

....
40 기름부음을 받은 자라는 뜻의 그리스어.

식에서도 확인됩니다. 예를 들어, 고대 이집트의 종교적 상
징체계에서 죽은 파라오는 지하세계로 내려가서 태양의 배
에 오릅니다. 잘 아시다시피, 신성에 다가가는 것은 개인적
인 존재의 덧없음으로부터 벗어나고 영원한 존재를 성취하
는 것을, 시간에 얽매이지 않는 존재로 달아나는 것을 의미
합니다. 파라오는 태양의 배에 오른 뒤 밤을 가로질러 여행
하면서 뱀을 정복한 다음에 신과 함께 다시 떠오르면서 영원
을 향해 하늘을 타고 가고 있습니다. 이 같은 사상은 그 후에
온 곳으로 퍼졌지요. 그러다보니 파라오와 특별히 친했던 귀
족까지도 '라'(Ra)[41]의 배에 오르게 되었습니다. 그 결과, 파
라오의 무덤에 묻힌 미라들이 그렇게 많게 되었지요. 파라오
의 무덤에 묻힌 사람들의 소망은 한결같았습니다. 모두가 파
라오와 함께 위로 올라가기를 바랐지요. 나는 이집트에서 새
로 연 무덤에서 매우 감동적인 장면을 보았습니다. 그 옛날
에 사람들이 이 특별한 귀족의 무덤을 최종적으로 닫을 때,
일꾼 중 한 사람이 얼마 전에 죽은 아기를 보잘것없는 옷 몇
점이 담긴 자그마한 갈대 바구니 안에 넣어 무덤 문 바로 뒤
에 놓았지요. 아마 그 일꾼의 아이였을 아기가 심판의 날에

....
41 고대 이집트의 태양신. 모든 형태의 생명은 라에 의해 창조된 것으로 여겨진다.

귀족과 함께 하늘로 올라가도록 하기 위해서였지요. 그 일꾼은 자신의 헛된 노력에 꽤 만족했으며, 그의 아기는 적어도 태양에 닿을 수 있었겠지요. 그렇듯 이 세 번째 센터는 꽤 적절하게 보석이 가득한 곳으로 불리고 있습니다. 이 센터는 태양의 위대한 풍요이며, 신성한 힘의 끝없는 풍요이지요. 이 신성의 풍요를 사람은 세례를 통해 획득합니다.

　지금까지 얘기한 것은 모두 상징체계이지요. 이제 심리학적 해석을 돌아볼 생각입니다. 이 해석도 상징을 이용한 연구나 비교 연구만큼 쉽지 않습니다. '마니푸라'를 심리학적 관점에서 이해하는 것은 훨씬 더 어려운 일입니다. 만약 어떤 사람이 세례에 대해, 말하자면 목욕통이나 물 속으로 들어가는 것에 대해 꿈을 꾼다면, 분석 치료를 받고 있는 사람인 경우에 그것이 무엇을 의미하는지 여러분은 잘 알고 있습니다. 그것은 그 사람이 깨끗하게 정화되기 위해 무의식 속으로 들어가도록 강요받고 있다는 뜻입니다. 그 사람은 부활을 위해 물 속으로 들어가야 합니다. 그러나 목욕 뒤에 무엇이 따르는지는 분명하지 않습니다. 여러분이 무의식을 알게 될 때 일어나는 일에 대해 심리학적 언어로 설명하는 것은 매우 어려운 일입니다. 어떤 상황이 벌어질까요? 이 질문에 대한 대답은 대단히 어렵습니다. 심리학적인 이유로 이에 대해 추상적인 대답을 제시하려는 경향이 여러분에게 있기 때문이지요.

옛날의 낡은 형식과 관념들이 허물어지고, 세상을 보는 철학이 엄청나게 바뀔 것이지만, 그럼에도 그것은 여러분이 '마니푸라'에 도달했음을 보여주는 증거가 절대로 아닙니다. '마니푸라'가 불의 상징이기도 하지만 이 불은 단순히 파괴적인 상징이 아닙니다. 그것은 에너지의 원천 그 이상을 의미합니다. 그래도 불이라고 하면 파괴라는 생각부터 먼저 떠올리게 합니다. 바로 거기서 사람들이 추상적으로 생각하게 만드는 공포가 생겨나지요. 지나치게 뜨거운 것을 건드리고 싶지 않을 때 사람은 곧잘 추상적으로 생각합니다.

우리는 자신이 매우 의식적으로, 또 매우 치열하게 살고 있다고 생각합니다. 여러분이 무의식을 잘 알게 되고 무의식을 진지하게 받아들일 때 어떤 효과가 나타날 것 같습니까? 먼저 여러분은 무의식을 진지하게 받아들이려 하지 않고, 대신에 "아무것도 아닌" 액막이 이론을 만들려 든다는 것을 확인하게 될 것입니다. 예를 들면, 유아기의 기억이나 억눌려 있던 소망 같은 것을 찾아내려 하지요. 그렇다면 여러분이 그런 이론을 받아들이는 이유는 무엇일까요? 사실은 그것이 여러분이 생각하는 것과 꽤 다른 것인데도 말입니다.

무의식을 받아들이게 되면, 욕망과 열정을 비롯해 감정 세계 전체가 느슨하게 풀립니다. 우리가 무의식을 잘 알게 될 때, 섹스와 권력, 그리고 우리의 본성에 있는 모든 악이 저절로 드러나게 됩니다. 그것이 사람들이 무의식을 두려워하고 무의식 같은 것은 없다는 식으로 말하는 이유이지요. 마치 숨바꼭질 놀이를 하는 아이들처럼 말입니다. 아이는 문 뒤로 들어가서 "여긴 아무도 안 숨었으니 찾지 마!"라고 말합니다. 그런 식으로 이 문 뒤에는 아무것도 없으니 여긴 보지 말라고 말하는 경이로운 심리학 이론이 두 가지 있습니다.[42] 이 이론들은 액막이 이론이지요. 그러나 여러분은 거기에 무엇인가가 있다는 것을 발견할 것이고, 여러분은 거기에 권력이 숨어 있다는 것을 인정해야 합니다. 그러면 여러분은 어떤 추상 관념을 만들어내고, 그 관념을 추상적으로 상징할 만한 것을 찾아내고, 그 관념에 대해 마치 수줍어하는 듯 일종의 암시로만 말합니다. 완곡하게 말하게 되지요. 선원들이 "빌

....
42 지그문트 프로이트의 정신분석과 알프레드 아들러(Alfred Adler)의 개인 심리학을 두고 하는 말이다.

어먹을 바다여, 언제나 폭풍만 일으키고 배를 깨부수기만 하는 이 음흉한 바다여!"라는 식으로 절대로 말하지 않는 것처럼 말입니다. 선원들은 바다에 나쁜 인상을 주지 않기 위해, 음흉한 악마인 바람을 화나게 만들지 않기 위해 "드넓고 자비로우신 바다이시여…"라고 했지요. 여러분은 캔터베리 대주교라고 하지 않고 'His Grace'라고 하지요. 여러분은 교황이 아주 어리석은 회칙(回勅)을 발표했다고 말하지 않고 바티칸이 그렇게 했다고 합니다. 혹은 여러분은 가증스런 거짓말쟁이라고 부르지 않고 빌헬름슈트라세(Wilhelmstrasse)나 다우닝 스트리트(Downing Street), 케도르세(Quai d'Orsay)[43]라고 부르지요. 그것은 사물들을 추상적으로 완곡하게 표현하는 방법입니다. 우리의 과학도 같은 목적으로 라틴어나 그리스 단어들을 사용하고 있습니다. 그것이 악마를 막는 경이로운 방패이지요. 악마가 그리스어를 이해하지 못해 무서워하기 때문입니다. 그래서 여러분이 방금 보여주었듯이, 우리도 그런 식으로 추상적으로 말하지요.

그렇다면 이렇게 말하는 것이 정확합니다. 여러분은 불의

....
43 독일 베를린, 영국 런던, 프랑스 파리에서 정치적으로나 경제적으로 중요한 거리를 일컫는다.

세계로 들어가고 있습니다. 사물들이 시뻘겋게 달궈지는 곳이지요. 세례 뒤에 여러분은 곧장 지옥으로 들어갑니다. 그것이 에난티오드로미아(enantiodromia)[44]이지요. 이 대목에서 동양의 역설이 보입니다. 그것은 또한 보석의 충만이지요. 그러나 열정이란 것이 무엇이며, 감정이란 것이 무엇입니까? 거기에 불의 원천이 있습니다. 거기에 에너지의 원천이 있습니다. 불타지 않는 사람은 아무것도 아닙니다. 불타지 않는 사람은 조롱을 받을 만합니다. 불타지 않는 사람은 2차원에 살고 있습니다. 웃음거리가 되는 한이 있더라도 불타야 합니다. 어딘가에서 불꽃이 타올라야 합니다. 그렇지 않으면 전혀 불빛이 없게 됩니다. 따스한 온기도 전혀 없고, 아무것도 없게 됩니다. 불꽃은 참으로 거북하지요. 고통스럽고, 갈등으로 가득하고, 단순히 시간 낭비일 뿐입니다. 어쨌든 불꽃은 이성에 반합니다. 그런데 저주받을 쿤달리니는 이렇게 말하고 있습니다. "그것이 보석의 충만함이야. 거기에 에너지의 원천이 있어." 헤라클레이토스(Heraclitus)가 적절히 말했듯이, 전쟁은 만물의 아버지이지요.

이 세 번째 센터, 즉 감정의 센터는 태양신경절, 즉 배의 중

44 어떤 힘이 커지면 그에 반발하는 힘 또한 커지는 현상을 말한다.

앙에 자리 잡고 있지요. 내가 쿤달리니 요가에 관해 가장 먼저 발견한 것이 이 차크라들이 정말로 정신의 위치와 관련 있다는 점을 여러분에게 말한 바 있습니다. 그러면 이 센터는 우리의 의식적 정신의 경험 안에 있는 첫 번째 정신의 위치일 것입니다. 여기서 다시 나의 친구인 푸에블로 인디언 추장에 대한 이야기를 해야 합니다. 이 추장은 모든 미국인들이 미쳤다고 생각하고 있었지요. 미국인들이 머리로 생각한다고 확신하고 있다는 이유로 말입니다. 이 인디언 추장은 "우리는 가슴으로 생각한다."고 말했습니다. 그것이 바로 '아나하타'(anahata)이지요. 또 정신의 위치를 배에 두는 원시인 부족도 있습니다. 이 말은 서양인에게도 해당되지요. 위(胃)에서 일어나는 정신적 사건이라는 범주도 있기 때문입니다. 그래서 사람들이 "무엇인가 배를 누르는 것 같아."라는 말을 하기도 하지요. 그리고 화가 머리끝까지 치밀어 오를 때 황달이 나타나고, 공포에 떨 때 설사를 하게 되지요. 또는 특별히 고집을 부리고 있는 상황이면, 변비에 걸리지요. 잘 아시겠지만, 이런 예들은 정신의 위치가 의미하는 바가 무엇인지를 보여줍니다.

배로 생각한다는 것은 옛날에 의식이 너무나 흐릿하여서

사람들이 장의 기능을 방해하는 것만을 알아차릴 수 있었던 때가 있었다는 뜻입니다. 그때엔 그 외의 다른 모든 것은 그냥 모르고 지나갔지요. 그런 것들은 당시의 사람들에게 전혀 아무런 영향을 미치지 않았기 때문에 존재하지 않았던 것이지요. 오스트레일리아 중부의 애버리진들 사이에는 지금도 그런 흔적이 있습니다. 이 원주민들은 스스로 어떤 것을 깨닫기 위해 재미있는 의식을 치르지요. 이전에 아마 여러분에게 내가 사람을 화나게 하는 의식에 대해 말한 적이 있을 겁니다. 이런 의식이 모든 원시 부족들 사이에 다양한 형식으로 남아 있습니다. 예를 들어, 사냥에 나서기 전에 사람들이 사냥 분위기에 젖게 하는 의식이 반드시 치러지지요. 이런 의식을 거치지 않고 그냥 사냥하러 가는 일은 절대로 없습니다. 그들은 무엇인가에 의해 흥분되어야 합니다. 그것은 내장뿐만 아니라 전체 몸과도 관계가 있습니다.

50년 전에 나 자신이 경험했던 교사들의 원시적인 방법도 그런 예에 해당합니다. 당시에 우리 소년들은 채찍을 맞으며 ABC를 배웠지요. 벤치 하나에 소년 8명이 쭉 앉아서 공부를 했는데, 선생님은 버드나무 가지 3개를 묶은 채찍을 들고 있었지요. 길이는 소년 8명의 등을 한꺼번에 때릴 수 있을 만큼 길었고요. 선생님은 "이건 A!"라면서 채찍을 휘두르고, "이건 B!"라면서 또 다시 채찍을 휘둘렀습니다. 잘 아시겠지만, 육체적 감각을 일으키는 것은 옛날의 교육 방식이었습니다. 그래도 그것이 크게 아프지는 않았지요. 선생님이 8명의 등을 동시에 때릴 때엔 아이들이 등을 그냥 웅크리기 때문에 그리 강하게 느껴지지 않아요. 그러나 채찍질은 강한 인상을 주지요. 소년들이 실제로 자세를 바로잡고 귀를 기울였으니까요. 채찍은 "주목할 거지?"라는 말을 대신했던 셈이지요. 말로 하면 아무도 귀를 기울이지 않아요. 소년들이 선생님이 따분한 존재라고 생각하기 때문이지요. 그러나 선생이 소년들의 등을 채찍으로 때리며 "이건 A!"라고 말하면, 소년들은 A를 금방 외우게 됩니다.

원시인들이 부족의 비밀과 신비한 가르침들을 넘겨주는 성년식에서 성년이 된 젊은이들에게 상처를 입히는 것도 똑같은 이유입니다. 상처는 심한 통증을 야기합니다. 원시인들은 칼로 벤 다음에 상처에 재까지 뿌리지요. 아니면 성년이 되는 아이를 굶기거나 잠을 재우지 않거나 무섭게 만들어 정신을 잃게 합니다. 그런 다음에 원시인들은 성년이 되는 아이에게 가르침을 전합니다. 그러면 그 가르침은 그들을 붙잡고 놓아주지 않게 되지요. 이는 가르침 자체가 육체적 고통이나 불편과 함께 주입되기 때문이랍니다.

내가 말한 바와 같이, 우리에게 의식되는 첫 번째 정신의 위치는 복부입니다. 우리는 그보다 더 깊은 것은 자각하지 못합니다. 원시인의 심리학에서도 정신의 위치를 방광에 두는 흔적을 보지 못했습니다. 다음은 가슴입니다. 가슴은 현대인의 경우에도 여전히 작동하고 있는 매우 명확한 센터이지요. 예를 들어 우리는 이렇게 말하곤 합니다. "그걸 머리로는 알 수 있어도 가슴으로는 알지 못해." 머리에서 가슴까지는 거리가 꽤 멉니다. 10년, 20년, 30년, 아니 평생이 걸려야 닿을 수 있는 거리일 수도 있습니다. 왜냐하면 여러분은 40년 동안 무엇인가를 머리로 알 수 있었지만 그 무엇인가가 가슴까지는 절대로 닿지 않았을 수도 있기 때문이지요. 그러나 여러분은 가슴으로 깨달을 때에만 그것에 주목하기 시작합니다. 그리고 가슴으로부터 태양신경절까지 내려가 거기에 갇히기까지 또 그만큼의 시간이 걸립니다. 여기서 갇힌다는 표현을 쓰는 이유는 거기엔 자유가 전혀 없기 때문입니다. 거기엔 공기 같은 물질은 전혀 없습니다. 거기서 여러분은 오직 뼈와 피, 근육뿐이게 됩니다. 여러분은 장(腸) 안에 있으면서 머리를 갖지 않은 벌레처럼 작동하고 있습니다. 그러나 심장에 있을 때 여러분은 표면에 있지요. 횡격막은 아마 땅의 표면쯤 될 것입니다. 그래서 '마니푸라' 차크라 안에 있는 한, 여러분은 말하자면 지구의 중심에 있는 무시무시한 열기 속에 있는 셈이지요. 거기엔 오직 열정의 불, 소망의 불, 망상의 불만 있습니다. 붓다가 베나레스에서 설법을 할 때 강조한 불이 바로 이 불이지요. 붓다는 세상 전체가 불길에 휩싸여 있다고, 여러분의 귀와 여러분의 눈, 그리고 욕망의 불을 쏟아내는 여러분의 모든 곳이 불덩어리라고 했지요. 그건 망상의 불입니다. 여러분이 헛된 것들을 원하고 있으니까요. 그럼에도 거기엔 분출된 감정 에너지라는 위대한 보물이 있습니다.

그래서 사람들은 무의식을 잘 알게 될 경우에 종종 특별한 상태에 빠져 들지요. 불이 확 타오르는 모습을 보이고, 폭발하고, 오랫동안 눌려 있던 감정이 솟아오르고, 40년도 더 전에 일어난 일을 떠올리며 흐느끼기도 하지요. 그런 행동은 단지 사람들이 삶의 그 단계로부터 너무 일찍 분리되었다는 사실을 말해주고 있습니다. 그들은 여전히 타고 있는 불이 자신의 깊은 곳에 묻혀 있다는 사실을 망각하고 있었지요.

당시에 그들은 무의식적인 존재였던 것이지요. 그러나 그들은 낮은 센터들을 건드리자마자 그 세계로 돌아가면서 그 불이 여전히 뜨겁다는 사실을 자각하게 되지요. 그들이 망각하고 있는 사이에도 불은 재 아래에 그대로 살아 있었던 것이지요. 그러나 재를 들어내 보세요. 그 밑에 여전히 빨갛게 타고 있는 잔불이 있습니다. 이 대목에서 메카를 찾는 순례자가 떠오르는군요. 순례자들은 자신의 불을 재 속에 묻어둡니다. 그러면 그 다음 해에 메카를 찾을 때까지 불씨는 계속 타고 있지요.

지금 여러분은 '마니푸라' 차크라에서 보다 높은 층에 닿았습니다. 거기서 어떤 명확한 변화가 시작됩니다. 이 차크라를 육체 안에서 횡격막 밑에 놓은 것은 지금 일어나고 있는 특이한 변화를 상징하지요. 횡격막 위에서 여러분은 심장 또는 공기 센터인 '아나하타' 속으로 들어갑니다. 심장이 폐에 둘러싸여 있고 심장의 전체 활동이 폐와 밀접히 연결되어 있기 때문이지요. 이런 것들을 이해할 수 있어야 합니다. 이 대목에서는 원시인의 경험이나 현대인의 경험이나 똑같습니다. 사실 이것은 생리학적 진리입니다. 우리는 '마니푸라'가 심리학적으로 의미하는 바를 다소 이해할 수 있습니다.

그러나 '아나하타'를 이해하려면 큰 도약이 필요합니다. 여러분이 지옥에 떨어진 다음에 심리학적으로 무슨 일이 일어날까요? 다시 말해, 여러분이 열정과 본능, 욕망의 소용돌이에 휘말리게 된 뒤에 어떤 일이 벌어질까요?

더 이상 자신의 욕망과 동일시하지 않게 됩니다. 이런 것들에 대해 이야기하는 것 자체가 대단히 어렵다는 사실을 고려해야 합니다. 대부분의 사람들이 여전히 '마니푸라'와 자신을 동일시하고 있기 때문입니다. 그 너머에 있는 것을 발견해내는 일은 대단히 어렵습니다. 그래서 우리는 먼저 상징체계에 다소 의존해야 합니다. 이미 말한 바와 같이, 그 다음 센터는 공기와 관계가 있습니다. 횡격막은 지구의 표면에 해당할 것이고, 우리는 '아나하타'로 들어가면서 땅 위에 떠 있는 조건에 닿을 것입니다. 그렇다면 도대체 무슨 일이 일어났기에 우리가 땅에서 위로 들려졌을까요? 여러분은 '마니푸라' 안에서 자신이 어디에 있는지 여전히 모르고 있다는 것을 확인합니다. 우리가 마찬가지로 '물라다라' 안에도 있기 때문이지요. 적어도 우리의 발은 여전히 '물라다라'에 서 있습니다. 그러나 '아나하타'에서는 발이 땅의 표면 위로 들어 올려집니다. 그렇다면 사람을 땅 위로 들어올릴 수 있는 것은 과연 무엇일까요?

　연금술사는 이 과정을 승화라고 부릅니다. 하지만 이 무엇인가를 우리가 지금 논하고 있는 상징체계 안에서 찾고 싶군요. 태양이 지평선 위로 다시 떠오르는 것과 비슷합니다. 이 집트 상징체계에 따르면, 여러분이 다시 지평선 위로 올라가는 것입니다. 여러분이 태양과 동일하다고 본다면, 여러분은 태양의 배를 타고 지평선 위로 떠오르며 하늘을 가로질러 여행할 수 있습니다. 태양은 최고의 권력이지요. 만약 여러분이 파라오에 딸린 존재라면, 태양이 여러분을 거의 신성의 위치까지 들어 올릴 수 있습니다. '마니푸라'에서 태양과의 접촉은 여러분을 위로 들어 올릴 것이고, 그러면 여러분의 발은 땅에서 떨어져 높은 곳의 영역 속으로 올라가게 됩니다. 바람도 그렇게 할 수 있지요. 원시인의 믿음에서 혼(魂)은 일종의 바람이니까요.

　그래서 많은 언어를 보면 바람과 혼을 뜻하는 단어가 같습니다. 'spiritus'라는 라틴어 단어가 한 예이지요. 라틴어 'spirare'는 불거나 호흡하는 것을 의미합니다. 혼이라는 뜻을 가진 'animus'는 바람을 뜻하는 그리스어 'anemos'에서 비롯되었습니다. 역시 혼을 뜻하는 'pneuma'는 바람을 뜻하는 그리스어 단어입니다. 아랍어 'ruch'는 바람 혹은 영혼을 뜻합니다. 히브리어 'ruach'도 혼과 바람을 의미하지요. 바람과 혼 사이에 이런 연결이 나타나는 것은 혼이 원래 숨결, 즉 사람이 내쉬는 바람으로 여겨졌기 때문입니다. 마지막 호흡과 함께, 그 사람의 혼이 육체를 떠납니다. 그렇다면 여러분을 위로 들어 올리는 것은 마법의 바람이나 태양일 것입니다. 그런데 이 두 가지가 함께 나타나는 것을 어디서 볼수 있을까요? 아마 여러분은 분석 문헌에서 매우 인상적이었던 예를 지금도 기억하고 있을 것입니다. 바람과 태양이하나가 되는 예이지요.

태양에 일종의 튜브 같은 것이 매달려 있는 것을 본 그 광인 말입니다. 그는 튜브 같은 것을 "태양의 남근"이라고 부르면서 그것이 바람을 일으켰다고 했지요. 그것은 태양과 바람이 같다는 것을 보여줍니다. 그렇다면 여러분이 단순한 감정의 세계 위로, 말하자면 '마니푸라' 센터 위로 어떻게 올라갈 수 있을까요?

그건 여러분이 생각하기 시작한다는 뜻입니다. 사물들을 놓고 추리하고, 생각하고, 심사숙고하기 시작하지요. 그래서 단순한 감정 기능으로부터의 철수가 시작되지요. 충동을 맹

목적으로 따르지 않고 이젠 당신 자신을 감정과 분리시키도록 할 어떤 의식(儀式)을 만들어내기 시작합니다. 이런 의식은 실제로 여러분의 감정을 극복하는 데 큰 도움을 줍니다. 여러분은 난폭한 감정에 자신을 맡겼다가 어느 순간 멈추면서 자신에게 이런 질문을 던지게 됩니다. "왜 내가 이런 식으로 처신하고 있지?"

이를 보여주는 상징을 우리는 이 센터에서 발견합니다. '아나하타' 차크라에서 여러분은 푸루샤(purusa), 즉 신성한 자기(自己)인 자그마한 형상을 봅니다. 이 신성한 자기는 단순한 인과관계나 단순한 자연, 아무런 목적 없이 맹목적으로 일어나는 에너지의 단순한 분출과 더 이상 같지 않습니다. 사람들은 자신의 감정에 완전히 휘둘리며 자신을 망각하고 고갈시키다가 결국에는 아무것도 남기지 않게 되지요. 재만 남지요. 그것으로 끝입니다. 광기에도 똑같은 일이 일어납니다. 사람이 어떤 상태에 빠졌다가 거기서 벗어나지 못하게 되는 것이 광기이니까요. 그 사람은 자신의 감정에 타다가 폭발하고 말지요. 그러나 사람이 광기를 분리시킬 가능성이 있지요. 이 가능성을 발견하는 사람은 진정으로 한 사람의 인간이 됩니다. '마니푸라'를 거치는 동안에 사람은 자연의 자궁 속에 들어 있으며, 자연적인 모습을 두드러지게 보이게 됩니다. 그것은 단순히 하나의 과정이지요. 그러나 '아나하타'에서 새로운 것이 생겨납니다. 그 사람 자신이 감정적인 사건들보다 높은 곳으로 올라가서 그 사건들을 내려다볼 수 있는 가능성이 생기는 것이지요. 그 사람은 자신의 심장 안에서 푸루샤를, 엄지만한 존재를, "작은 것보다 더 작고 큰 것보다 더 큰 존재"를 발견합니다. '아나하타'의 중심에 다시 시바가 링가의 형태로 있습니다. 작은 불꽃은 자기가 씨앗처럼 처음 등장한다는 것을 의미합니다.

이 과정은 감정들로부터 멀어지는 것입니다. 여러분은 더 이상 감정과 동일하지 않습니다. 만약 여러분이 여러분 자신을 기억하는 데 성공한다면, 다시 말해 여러분이 여러분 자신과 열정의 폭발을 구분할 수 있게 된다면, 그때 여러분은 자기를 발견하게 될 것입니다. 여러분이 스스로를 개체화하기 시작하기 때문이지요. 그리하여 '아나하타'에서 개성화가 시작됩니다. 그러나 여기서도 다시 여러분이 자아 팽창을 겪을 위험이 있습니다. 개성화는 여러분이 자아가 되는 것이 아닙니다. 그렇게 될 경우에 여러분은 개인주의자가 되고 말 것입니다. 잘 아시다시피, 개인주의자는 개체화에 성공하지 못한 사람입니다. 그런 사람은 철학적으로 세련되게 다듬은 이기주의자이지요. 개성화는 자아가 아닌 것이 되는 것입니다. 자아가 아닌 것이라니, 참으로 이상한 말이지요. 그러기에 아무도 자기가 무엇인지를 이해하지 못합니다. 자기란 것은 바로 여러분이 아닌 것, 자아가 아닌 것이기 때문입니다. 자아는 자기의 한 부속물에 지나지 않습니다. 자기와 느슨하게 연결되어 있지요. 자아는 언제나 저 아래 '물라다라'에 있다가 그 위의 네 번째 층, 즉 '아나하타'에 있는 무엇인가를 갑자기 자각하게 됩니다. 이 무엇인가가 바로 자기입니다.

만약 어떤 사람이 자신이 지하실과 4층에서 동시에 살고 있다고 생각하는, 다시 말해 자신이 푸루샤라고 생각하는 실수를 저지른다면, 그 사람은 미쳐 있습니다. 그 사람은 독일인들이 아주 적절하게 'verrückt'라고 부르는 그런 사람이지요. 말하자면 두 발이 다른 어딘가 높은 곳에 가 있는 사람이라는 뜻입니다. 그 사람은 거기서 일어서다가 그냥 돌아버리지요. 우리에겐 푸루샤를 보는 것만, 푸루샤의 발이 거기 높은 곳에 있는 것을 보는 것만 허용됩니다. 그러나 우리가 푸루샤가 될 수는 없습니다. 푸루샤는 비개인적인 과정을 표현하는 상징이지요. 자기는 대단히 비개인적이고 대단히 객관적인 그 무엇입니다. 만약 여러분이 여러분의 자기 안에서 작동하고 있다면, 여러분은 여러분 자신이 아닙니다. 그것은 여러분이 느끼고 있는 것입니다. 여러분은 마치 이방인처럼 행동해야 합니다. 여러분은 마치 구입하지 않듯 구입할 것이고, 여러분은 팔지 않듯 팔 것입니다. 성 바오로가 말한 것처럼 말입니다. "그러나 내가 사는 것이 아니고 내 안에 그리스도가 사는 것이다."[45] 이는 바오로의 삶이 객관적인 삶이 되었다는 것을 의미합니다. 그의 삶이 아니라 그보다 더 큰 존재, 푸루샤의 삶이 되었다는 뜻이지요.

다소 높은 수준의 문명을 보이는 원시 부족들은 모두 '아나하타'를 발견했지요. 다시 말해, 그들은 추리하고 판단하기 시작했다는 뜻입니다. 그들은 더 이상 그렇게 미개하지 않습니다. 그들은 정교한 의식(儀式)을 치릅니다. 원시적일수록 의식은 더욱 정교해집니다. 그들은 의식을 이용해 '마니푸라' 상태의 심리학을 피하지요. 그들은 사람들의 교류를 위해 온갖 종류의 것들을 발명합니다. 마법의 원도 있고 토론의 형식도 있지요. 이런 특이한 의식들은 모두 '마니푸라'의 폭발을 예방하기 위해 고안해낸 기법으로 특별히 심리학

....
45 '갈라디아서' 2장 20절.

적입니다. 원시인들의 토론 의식에서는 여러분도 정해진 규칙을 반드시 따라야 합니다. 우리 현대인이 보기엔 너무나 불필요한 일처럼 보이는데도, 여러분은 원시인들의 규칙을 따르지 않고는 그들과 아무것도 하지 못합니다.

예를 들어, 원시인들의 사회엔 확실한 계급 조직이 있습니다. 따라서 내가 토론을 청한다면 나는 의자에 앉고 다른 사람들은 땅바닥에 앉아야 합니다. 그들은 즉시 맨땅에 앉지요. 추장은 채찍을 든 사람들을 옆에 두고 있는데, 이들이 땅바닥에 앉지 않는 사람을 때려서 앉힙니다. 그런 다음에도 말부터 하지 않습니다. 먼저 성냥이나 담배 같은 선물을 돌리지요. 이때도 추장이 부족민들보다 훨씬 더 많은 담배를 가져야 합니다. 거기에 권위가 지배하고 있다는 사실을 보여주기 위해 그 순간의 계급조직이 강조되어야 하기 때문입니다. 그것은 모두 '마니푸라'를 누르려는 의식이며, 이런 의식이 침묵 속에 치러진 뒤에야 토론을 청한 사람이 말을 시작할 수 있습니다. 나는 '샤우리'(shauri)가 있다고, 다시 말해 의견을 나눠야 할 용건이 있다고 말합니다. 그것이 시작이지요. 나는 모든 사람이 주목하도록 하기 위해 주문을 외워야 합니다. 이때는 누구에게도 말하는 것이 허용되지 않습니다.

모두가 귀를 기울여야 하지요. 그런 다음에 내가 용건을 말합니다. 그러고 나면 나의 파트너, 그러니까 내가 상대해야 할 사람이 말을 합니다. 그러나 목소리는 아주 낮습니다. 겨우 들릴 듯 말 듯 합니다. 그 사람은 일어나서는 안 됩니다. 만약 어떤 사람이 지나치게 목소리를 높이면 누군가가 채찍을 들고 나타납니다. 그 사람은 목소리를 높이지 않을 것입니다. 목소리를 높이는 것은 곧 감정을 드러내는 것이고, 감정이 보이는 순간 싸움이나 살해의 위험이 있기 때문이지요. 따라서 어떠한 무기도 허용되지 않습니다. 토론이 끝나면, 사람은 '샤우리 키샤'라고 말해야 합니다. "이제 토론이 끝났다."라는 뜻이지요.

언젠가 내가 '샤우리 키샤'라는 말을 하지 않고 자리에서 일어난 적이 있었습니다. 그러자 추장이 꽤 흥분한 상태로 나에게 다가와서 "아직, 일어나지 마!"라고 말했지요. 그런 다음에 내가 '샤우리 키샤'라고 말하자 모든 것이 잘 돌아갔습니다. 만약 내가 그 주문을 외웠다면, 나는 그대로 갈 수 있었을 것입니다. 그런 식으로 나는 마법의 원이 이제 모두 해제되었다고 말해야 합니다. 그러면 나는 누군가가 화가 났거나 난폭한 기분에 휩싸여 있다는 의심을 품지 않고 갈 수 있습니다. 그런 식으로 진행되지 않을 경우에 위험이 따를 수 있습니다. 살인도 일어날 수 있지요. 사람이 일어서는 것은 미쳤기 때문이지요. 간혹 그런 일이 벌어집니다. 춤을 추다가 지나치게 흥분해서 사람을 죽이려 드는 경우도 있지요. 예를 들면, 술라웨시 섬[46]을 탐험하던 사라신(Sarasin) 사촌 형제[47]는 자신들에게 매우 친절하게 대하던 사람들에게 죽음을 당할 뻔했습니다. 원주민들은 사라신 형제에게 전쟁 춤을 보여주고 있었지요. 그러던 중에 사람들이 전쟁 분위기에 너무 깊이 빠져 열광하면서 사라신 형제들을 향해 창을 던졌던 것입니다. 이 형제들이 죽음을 피한 것은 그야말로 운이었지요.

아시다시피, '아나하타'는 여전히 매우 허약하며, '마니푸라' 심리학은 우리와 꽤 가깝습니다. 우리도 똑같이 '마니푸라'의 폭발을 피하기 위해서 사람들에게 정중하게 대해야 합니다.

....
46 인도네시아의 섬.
47 스위스의 동식물 연구가인 폴(Paul)과 프리츠 사라신(Fritz Sarasin)을 말한다.

1932년 10월 26일

차크라들에 대한 설명을 계속하겠습니다. 지금까지 주로 '마니푸라'에서 '아나하타'로 변화하는 것에 대해 논했지요. '아나하타'에서, '물라다라'에서 시작한 무엇인가가 4단계를 거친 끝에 성취가 이뤄집니다.

그 단계들은 곧 4가지 원소입니다. 낮은 곳에 있는 이 4가지 센터는 저마다 거기에 해당하는 원소를 갖고 있습니다. '물라다라'는 흙이고, '스바디슈타나'는 물이지요. 그 다음에 '마니푸라'는 불이고, 마지막으로 '아나하타'는 공기입니다. 그렇다면 여기서 전체 과정이 일종의 원소들의 변형인 것으로 드러납니다. 단계를 거칠수록 변동성이 높아지지요. 휘발성 강한 물질로 바뀐다는 뜻입니다. 우리가 닿는 다음 단계는 '비슈다'(visuddha) 차크라입니다. 에테르 센터이지요. 에테르가 무엇입니까? 물리적 관점에서 에테르에 대해 아는 것이 있습니까?

에테르는 손에 잡히지 않습니다. 왜 그럴까요? 에테르는 어디든 침투할 수 있는데, 그것이 어디서도 발견되지 않는 이유는 무엇입니까?

그것이 하나의 생각이기 때문입니다. 우리는 우리의 뇌 안에서만 에테르를 발견할 수 있습니다. 다른 곳에서는 절대로 발견하지 못합니다. 그것은 물질이 가져야 하는 특성을 전혀 갖고 있지 않은 어떤 물질의 개념입니다. 그것은 물질이 아닌 물질이며, 그런 것은 반드시 하나의 개념이어야 합니다. '비슈다' 센터에서, 그러니까 4개의 원소를 넘어서는 센터에서 사람은 어떤 단계에 닿습니까?

추상의 영역에 닿습니다. 경험의 세계를 한 걸음 넘어서지요. 말하자면 개념들의 세계에 닿습니다. 개념이란 것은 무엇입니까? 개념의 내용물을 우리는 무엇이라 부릅니까?

정신의 심리학이라고 부릅니다. 정신적인 것들을 다루는

과학을 의미합니다. 우리가 거기서 접하는 현실은 하나의 정신적 현실입니다. 적절한 표현인지는 모르지만, 그것은 정신적 본질의 세계이지요. 정신적 현실의 세계라고 하면 그 실체에 아주 가까울 것으로 생각됩니다. 그렇다면 일련의 차크라들을 설명하는 또 다른 관점은 조악한 물질로부터 정밀하고 정신적인 물질로 올라가는 것이 될 것입니다. 흙에서 에테르로 변형한다는 사상은 오래 전부터 힌두 철학을 이루고 있는 중요한 한 요소입니다. 5원소라는 개념은 불교가 생겨나기 이전인 B.C. 7세기 경에 일어난 상키야(Samkhya) 철학[48]의 일부입니다. 그 뒤에 생겨난 힌두 철학들은 '우파니샤드'(Upanishad)처럼 모두 그 기원을 상키야 철학에 두고 있지요. 그렇다면 5원소라는 개념의 시작은 무한히 거꾸로 거슬러 올라갑니다. 이 개념의 나이를 정확히 말하는 것이 불가능하다는 뜻이지요. 이 개념의 나이를 근거로, 어떤 사람은 쿤달리니 요가의 근본적인 사상은 끝이 보이지 않는 과거까지 거슬러 올라가는 것으로 보지요. 또 원소들의 변형이라는 사상은 쿤달리니 요가와 중세의 연금술 철학의 유사성을 보여줍니다. 중세의 연금술 철학에서도 똑같은 사상이 발

....
48 힌두교의 정통적인 철학 학파 6개 중 하나이다.

견됩니다. 조악한 물질을 섬세한 마음의 물질로 변형시키는 것, 사람의 승화가 바로 그것이지요. 당시에 연금술 철학은 그런 식으로 이해되었답니다.

차크라의 연금술적 측면에 대해 말하면서, 나는 여러분에게 '마니푸라', 즉 불의 센터의 상징에 주목해 달라고 부탁하고 싶습니다. 불의 센터에 특이하게 생긴 손잡이가 있었다는 사실을 기억할 것입니다. 하우어 교수는 이 손잡이를 가설적으로 스와스티카(역만자(卍))의 부분들로 설명하더군요. 여기서 나는 3개의 발만을 가진 스와스티카 상징을 지금까지 본 적이 없다는 점을 밝혀야겠습니다. 그리스에서 3개의 발을 가진 형상(triskelos)이 확인되기는 했지만, 그런 형상이 인도에 존재했는지에 대해서는 알지 못합니다. 이 그리스 형상은 시칠리아에서 발견된 그리스 주화에 나옵니다. B.C. 400년에서 B.C. 200년 사이에 제작된 주화입니다. 그때라면 시칠리아가 마그나 그라에키아(Magna Graecia)[49]에 속하던 때로 크게 번영을 구가하던 그리스 식민지였지요. 주화에 그려진 형상은 3개의 발을 가진 존재입니다. 그러나 스와스티

....
49 '위대한 그리스'라는 뜻으로, B.C. 8세기경부터 그리스인들이 식민지화한 이탈리아 남부와 시칠리아 지역을 일컫는다.

카는 4개의 발로 달리는 형상이지요. 그래서 나는 이 손잡이가 '마니푸라'의 삼각형에 붙어 있었을 것이라고 짐작합니다. 나는 그것들이 단지를 들어 올릴 때 잡는 손잡이라고 생각합니다. 거기엔 역시 손잡이가 있는 뚜껑도 있습니다. 나는 그것이 연금술의 측면에서 설명될 것이라고 생각합니다. '마니푸라'가 불의 영역이기 때문이지요. 그것은 곧 부엌이나 위(胃)입니다. 음식을 조리하는 곳이지요. 사람은 음식을 단지 또는 배 속에 넣습니다. 그러면 거기서 식품이 피에 의해 데워지지요. 그런 식으로 음식을 쉽게 소화할 수 있도록 준비하지요.

요리는 소화를 예상합니다. 소화가 잘 되도록 돕는 것이지요. 예를 들어, 아프리카에서 파파야 나무는 매우 특이한 특성을 지닙니다. 그 열매와 잎에 사람의 위의 분비물에서 발견되는 물질인 펩신이 풍부하게 들어 있지요. 소화제 말입니다. 흑인들은 고기를 요리하지 않고 파파야 잎으로 두세 시간 정도 싸둡니다. 그러면 고기가 부분적으로 소화되지요, 말하자면 사전에 소화를 해두는 것입니다. 그렇듯 요리의 전체 기술은 소화를 돕는 것입니다. 현대인은 소화 능력의 일부를 부엌으로 넘긴 셈입니다. 그렇다면 부엌은 모든 가정의 위(胃)인 셈이며, 따라서 위는 음식을 준비하는 노동에서 일부 벗어나게 되었지요. 우리의 입도 마찬가지로 소화를 돕는 기관이지요. 침에 소화 물질이 들어 있으니까요. 치아의 기계적인 활동도 소화를 돕습니다. 음식을 자르기 때문이지요. 부엌에서 야채를 자르고 다듬는 것도 치아의 활동과 비슷합니다. 그렇다면 부엌이야말로 인간 신체 밖으로 튀어나온 소화 영역이라고 할 수 있을 것입니다. 이곳이 바로 사물들의 변형이 이뤄지고 있는 연금술의 장소입니다.

따라서 '마니푸라'는 물질이 소화되고 변형되는 센터일 것입니다. 우리가 그 다음에 기대할 수 있는 것은 완전한 변형일 것입니다. 실제로 이 센터는 '아나하타'와 복부의 센터들을 나누는 횡격막 바로 아래에 있지요.

'마니푸라'의 뒤를 완전히 새로운 것들이 일어나는 '아나하타'가 따릅니다. 거기엔 새로운 요소인 공기가 있습니다. 더 이상 조악한 물질이 아니지요. 불까지도 어떤 의미에서 보면 조악한 물질로 이해되고 있습니다. 불은 공기보다 더 두껍고 밀도가 더 있지요. 또 눈에도 잘 보입니다. 반면에 공기는 눈에 보이지 않아요. 불은 이동성이 대단히 강한데도 아주 명확하고 어떤 의미에선 손에 잡히지요. 반면에 공기는 대단히 가벼우며, 바람으로 느끼지 않는 이상 거의 손에 잡히지 않습니다. 공기는 이동하며 태우는 불에 비하면 비교적 부드럽지요.

그렇다면 여러분은 횡격막에서 문지방을 넘어서 눈에 보이고 손에 잡히는 것들로부터 거의 눈에 보이지도 않고 손에 잡히지도 않는 것들로 옮겨간다고 할 수 있습니다. 그리고 '아나하타'에 있는, 눈에 보이지 않는 것들은 정신적인 것들이지요. 왜냐하면 이것이 감정과 마음이라 불리는 것들의 영역이기 때문입니다. 심장은 감정의 특징이고, 공기는 생각의 특징입니다. 공기는 숨결 같은 존재이지요. 그래서 언제나 영혼과 생각을 숨결과 동일시한답니다.

예를 들어, 인도에서는 아버지가 죽을 때 장남이 마지막 순간을 지키는 것이 관습입니다. 아버지의 생명을 계속 살리기 위해서 아버지의 영혼인 아버지의 마지막 호흡을 들이키기 위해서지요. 스와힐리어 단어 '로호'(roho)는 죽어가는 사람이 골골 소리를 내며 하는 호흡을 의미합니다. 독일어로 치면 'röcheln'과 비슷하지요. '로호'는 영혼을 의미하기도 합니다. 이 단어는 틀림없이 바람과 숨결, 혼을 의미하는 아랍어 'ruch'에서 생겨났을 것입니다. 골골 소리를 내며 하는 호흡을 뜻하는 것으로 쓰려고 말입니다. 그렇다면 영(靈)이나 정신적인 것들의 원래 개념은 호흡이나 공기의 개념입니다. 그리고 나는 여러분에게 라틴어로 마음은 아니무스(aniums)라는 이야기를 했습니다. 이 단어는 바람을 뜻하는 그리스어 단어 '아네모스'(anemos)와 동일합니다.

심장은 언제나 감정이 특징이지요. 이는 감정 상태가 심장에 영향을 미치기 때문입니다. 세상 온 곳에서 감정은 심장과 연결되어 있습니다. 감정이 전혀 없다면 심장이 없지요. 용기가 없는 사람에겐 심장이 없습니다. 틀림없이 용기가 감정의 한 상태이기 때문이지요. 여러분은 "가슴에 새겨라."는 식으로 말합니다. 아니면 무엇인가를 "가슴으로" 외우라고 하지요. 물론 여러분은 그것을 머리로 배우지만 가슴으로 받아들이지 않으면 가슴 속에 간직하지 못합니다. 어떤 것을 가슴으로 배울 때에만 그것을 진정으로 얻게 됩니다. 달리 말해, 그것이 여러분의 감정과 연결되지 않는다면, 그것이 '아나하타' 센터에 닿을 때까지 여러분의 몸 속에 깊이 잠기지 않는다면, 그것은 휘발성이 너무나 강하기 때문에 멀리 날아가 버리고 말 것입니다. 그것은 간직되기 위해서 낮은 곳의 센터와 연결되어야 합니다. 따라서 지난 시간에 내가 묘사했던 학습법, 즉 선생이 채찍을 이용하는 방법은 학생들의 고통과 감정을 자극하여 알파벳을 더 잘 기억하도록 하기 위한 것이라 할 수 있습니다. 고통이 수반되지 않는다면, 학생들은 글자를 쉽게 기억하지 않을 것입니다. 이는 원시인에게 특별히 더 맞는 말입니다. 원시인은 그런 식이 아니고는 아무것도 배우지 못하니까요.

사고와 가치의 진정한 중요성은 사고와 가치를 우리의 삶에서 반드시 필요한 것으로 고려할 때에만 분명하게 다가오게 됩니다. 원시인들 사이에서 사고와 가치를 그런 식으로 인식하기 시작했다는 사실은 부족의 은밀한 가르침에 고스란히 반영되어 있습니다. 성인식이 치러질 때 새로 성인이 된 젊은이들에게 부족의 가르침이 전달되는데, 이때 가르침을 더 잘 기억하도록 하기 위해 고통과 고문을 더합니다. 동시에 새로 성인이 된 젊은이들에게 도덕적 가치도 가르치지요. 물론 이 가치들은 '마니푸라'의 맹목적인 행위를, 말하자면 열정의 불을 예방하기 위한 것입니다.

그렇다면 '아나하타'는 정말로 정신적인 것들이 시작하는 센터입니다. 가치와 사상에 대한 인식이 시작되는 곳이라는 뜻입니다. 어떤 사람이 문명 속에서나 아니면 개인적 발달

과정에 이만한 수준에 닿는다면, 우리는 그 사람을 두고 '아나하타'에 있다고 말할 수 있을 것입니다. 거기서 그 사람은 정신적인 것들의 힘과 실재성을, 다시 말해 정신적인 것들의 진정한 존재를 처음으로 엿보게 되지요.

예를 들어, 분석 중인 어떤 환자가 '마니푸라' 단계에 도달했다고 가정해보지요. 거기서 환자는 자신의 감정과 열정에 희생되고 있습니다. 내가 환자에게 이렇게 말합니다. "당신은 정말로 조금 더 합리적이어야 합니다. 당신의 행동이 보이지 않습니까? 당신은 인간 관계에 끝없이 문제를 일으키고 있어요." 어쨌든 이 환자에겐 나의 말이 아무런 인상을 남기지 않습니다. 그러다가 어느 순간 이 같은 나의 주장이 영향력을 발휘하기 시작합니다. 그러면 환자가 횡격막의 문턱을 넘어섰다는 것을 알 수 있지요. 그는 '아나하타'에 도달했습니다. 잘 아시다시피, 가치와 확신, 개념들은 정신적 팩트들이지요. 자연 과학에서는 어디에도 이런 것을 만나지 못합니다. 잠자리채로 잡지도 못하고, 현미경으로 찾아내지도 못하지요. 그런 것들은 오직 '아나하타'에서만 눈에 드러나게 됩니다. 쿤달리니 요가에 따르면, 푸루샤는 '아나하타'에서 처음으로 보입니다. 그러면 사람의 핵심, 최고의 사람, 소위 원초의 사람이 눈에 보입니다. 그렇다면 푸루샤는 사고와 가치, 감정의 정신적 본질과 동일하지요. 감정과 개념을 인식하면서, 사람은 푸루샤를 봅니다. 그것이 여러분의 심리적 혹은 정신적 존재 안에 어떤 존재가 있다는 것을 처음으로 암시하는 것입니다. 이 존재는 당신 자신이 아닙니다. 이 존재는 당신을 포함하고 있는 존재입니다. 이 존재는 당신보다 훨씬 더 위대하고 중요하지만 전적으로 정신적인 본질을 갖고 있는 그런 존재입니다.

아시다시피, 우리는 여기서 끝낼 수 있습니다. 인간의 성장이 이 정도 선에 이르렀다고 할 수 있으니까요. 정신적인 것이 어떤 무게를 갖는다는 것을 우리 모두가 확신하고 있기 때문에, 인류는 대체로 '아나하타' 근처에 도달했다고 볼 수 있어요. 예를 들어, 세계 대전은 실제로 가장 무거운 무게를 갖는 것이 바로 '잴 수 없는 것'(imponderabilia), 말하자면 여론이나 정신적 전염 같은 무게를 달 수 없는 것이라는 사실을 모든 사람들에게 가르쳐 주었습니다. 전쟁 자체가 정신적인 현상이었지요. 만약에 전쟁의 근원을 직시한다면, 그것을 두고 절대로 인간의 이성에서 비롯되었다거나 경제적 필요에서 비롯되었다는 식으로 설명하지 못할 것입니다. 어떤 사람은 독일이 팽창을 필요로 했기 때문에 전쟁을 벌이지 않을 수 없었다거나 프랑스가 위협을 느꼈기 때문에 독일을 짓누르지 않을 수 없었다는 식으로 말할 것입니다. 그러나 아무도 위협을 받지 않았습니다. 모두가 충분한 돈을 갖고 있었습니다. 독일 수출은 매년 증가하고 있었고, 독일은 필요한 팽창을 이미 이룬 상태였습니다. 사람들이 언급하는 모든 경제적인 이유들은 전혀 이치에 맞지 않습니다. 경제적 이유로는 그 현상을 설명하지 못합니다. 단순히 미지의 심리적인 원인들 때문에 그런 전쟁이 일어나게 되어 있었던 때였을 뿐입니다. 인간의 중대한 운동은 언제나 심리적인 이유에서 시작되었습니다. 그렇다면 우리가 정신적인 것을 믿도록 가르치고 있는 것은 우리의 경험입니다. 그래서 우리는 예를 들어 군중 심리를 무서워합니다. 오늘날의 모든 사람은 그 점을 고려할 것입니다. 그리고 옛 사람들은 선전의 가치를 믿지 않았습니다. 그런데 오늘날 선전이 어떤 영향을 미치는지 보십시오. 예전에 2주마다 나오던 몇 면짜리 신문이 강력한 권력이 될 것이라고 누가 상상이나 했습니까? 그런데 오늘날엔 신문이 강력한 권력으로 인식되고 있습니다. 언론은 하나의 정신적 사실입니다.

그러면 우리의 문명이 '아나하타'의 상태에 도달했다고 말할 수 있습니다. 횡격막을 극복했다는 뜻이지요. 옛날 호메로스(Homer) 시대에 그리스인들이 마음을 횡격막에 있는 것으로 여기던 것과 달리, 우리는 더 이상 마음을 횡격막에 있는 것으로 여기지 않습니다. 우리는 의식의 자리는 머리 속 어딘가에 있다고 확신하고 있습니다. 우리는 이미 '아나하타'에서 훨씬 더 현명한 관점을 갖고 있습니다. 우리는 푸루샤를 자각하게 되었습니다. 그러나 우리는 아직 정신적 존재의 안전을 믿지 못합니다. 그래서 아직 '비슈다'에 닿지 못했지요. 여전히 우리는 물질과 정신적 힘으로 이뤄진 물질적 세계를 믿고 있습니다. 그리고 우리는 정신적 존재 혹은 정신적 본질을 우주적이거나 물리적인 어떤 사상과 연결시키지 못하고 있습니다. 우리는 아직 물리학의 개념들과 심리학의 개념들을 연결할 다리를 발견하지 못하고 있습니다.

따라서 집단적인 의미에서 보면 우리는 '아나하타'와 '비슈다' 사이의 거리를 건너지 못했습니다. 그래서 만약 누군가가 '비슈다'에 대해 말한다면, 그 사람은 당연히 망설이는 태도를 보일 것입니다. '비슈다'가 무엇을 의미하는지를 이해하려고 노력할 때, 그 즉시 우리는 불안정한 미래로 발을 들여놓게 됩니다. 왜냐하면 '비슈다'에서 우리가 세계에 대한 실제적 인식 그 너머에 닿으며 에테르 영역 속으로 어느 정도 들어가기 때문입니다. 우리는 피카르(Auguste Piccard) 교수[50]가 성취한 그 이상의 무엇인가를 시도하고 있습니다. 피카르 교수는 성층권에만 머물렀지요. 그가 대단히 희박한 무엇인가에 닿았다는 사실은 인정하지만, 그래도 그것은 에테르는 아니었습니다. 그렇기 때문에 우리는 우리를 우주로 올려줄 대단히 큰 로켓 같은 것을 구축해야 합니다. 그것은 추상 관념과 가치의 세계이고, 정신이 그 자체로 있는 세계, 정신적인 현실이 유일한 현실인 세계이지요. 아니면 물질이 얇은 껍질이 되고 그 안에 정신적 실체들이 모여 엄청난 크기의 우주를 이루고 있는 그런 세계랍니다.

예를 들어, 원자라는 개념은 '비슈다' 센터의 추상적인 사고와 일치하는 것으로 여겨질 수 있습니다. 더욱이, 우리의 경험이 그 차원에까지 이른다면, 푸루샤가 더 멋지게 보일 것입니다. 거기서 보면 푸루샤가 정말로 사물들의 중심이 되기 때문이지요. 푸루샤는 더 이상 희미한 모습이 아닙니다.

....
50 브뤼셀 대학 물리학 교수를 지낸 스위스인. 그는 1931년 5월 27일 과학적 관찰을 위해 특별히 제작한 기구를 이용해 처음으로 성층권에 올라갔다.

말하자면 푸루샤는 종국적인 실체입니다. 잘 아시다시피, 물리학의 가장 추상적인 개념들과 분석 심리학의 가장 추상적인 개념들을 서로 이을 상징적인 다리를 발견하기만 한다면, 우리는 그 세계에 닿을 수 있을 것입니다. 만약 그 다리를 건설할 수 있다면, 그때엔 적어도 '비슈다'의 바깥문에는 닿을 수 있을 것입니다. 그 다리는 조건입니다. 그럴 경우에 우리가 거기에 집단적으로 닿을 것이라는 뜻입니다. 그러고 나면 길이 활짝 열리겠지요. 그러나 우리는 그 목표까지 아직 먼 길을 남겨두고 있습니다. '비슈다'가 내가 방금 말한 것을 의미하기 때문이지요. 정신적 핵심 또는 알맹이를 세계의 근본적인 핵심으로 전적으로 인식하는 것, 그것도 추측이 아니라 팩트에 의해서 인식하는 것이 바로 '비슈다'이지요. '아즈나'(ajna)와 '사하스라라'(sahasrara) 차크라에 대해 추측하는 것은 아무런 도움이 되지 않습니다. 거기에 대해선 아무도 모릅니다. 여러분은 이 차크라들에 대해 생각할 수는 있지만, 그것을 실제로 경험하지 않았다면 그 누구도 거기에 있지 않습니다.

한 상태에서 다른 상태로 이동하는 것이 어떤 것인지를 보여주는 예를 하나 제시하지요. 지나칠 만큼 외향적이었던 남자 환자를 기억하고 있습니다. 그는 자신이 관여하지 않고 있는 세상이 언제나 최고라는 믿음을 품고 있었지요. 자신이 없는 곳에 진정한 축복이 있다고 생각했기 때문에, 그 사람은 언제나 그 축복을 찾아나서야 했습니다. 그러다 보니 당연히 그는 언제나 여자들의 꽁무니를 쫓아 다니게 되었지요. 그가 모르는 여자들이 인생의 비밀과 축복을 갖고 있는 것으로 여겨졌기 때문입니다. 길을 가다가도 어떤 여자가 남자와 대화하는 모습을 보면 그의 마음엔 시기심이 일어났답니다. 그 여자가 인생의 비밀과 축복을 갖고 있는 바로 그 여자일 수 있으니까요. 여러분도 충분히 상상할 수 있듯이, 그가 성공하는 경우는 당연히 없었지요. 성공 확률은 갈수록 떨어졌고, 그럴수록 그는 더 심하게 웃음거리가 되어 갔지요. 나이가 들수록, 그가 최고의 여자를 만날 가능성은 더욱 낮아졌지요. 그러다 어느 순간 어떤 깨달음이 일어났답니다. 그래서 그는 분석 치료를 받았지만 아무것도 변하지 않았습니다. 그러다 이런 일이 일어났습니다. 그가 거리를 걷고 있는데 젊은 커플이 아주 다정하게 대화를 나누며 걷는 것이 보였습니다. 그 순간 그의 가슴에 통증이 느껴졌지요. 이건 여자 때문이야! 이런 생각이 들자 돌연 통증이 사라졌고, 자신을 둘러싸고 돌아가고 있던 사태가 잠시 그에게 명확하게 보였습니다. 그는 이런 깨달음을 얻었지요. "사람들은 저마다 다 제 할 일을 열심히 하면서 모두 충실하게 살아가고 있어. 그러니 더 이상 내가 신경쓰지 않아도 돼. 정말 다행한 일이지!"

이때 그에게 무슨 일이 일어났을까요? 그가 횡격막의 문턱을 넘어섰지요. '마니푸라' 차크라에서 사람은 열정에 눈이 멀기 때문입니다. 물론 그는 다정한 커플을 볼 때 이렇게 생각하지요. "나도 저럴 수 있었으면 좋겠어. 저 남자는 얼마나 행복할까." '마니푸라' 차크라에서 그는 그 남자처럼 되기를 원합니다. 그는 모든 남자와 같아지기를 원하며, 그러다 자신의 가죽을 벗어던지고 다른 사람의 가죽을 뒤집어쓰지 못한다는 사실이 확인되면 그는 불평을 했지요. 그러나 여기서 그는 돌연 자신이 그 남자가 아니라는 사실을 깨닫습니다. 그가 자신이 그 남자가 아니라는 사실을 알게 되면서 착각의 장막, 즉 다른 남자와 자신을 동일시하는 경향을 버린 것이지요. 그럼에도 그는 자신이 특이한 방식으로 그 사람과 동일시한다는 것을, 그리고 사람은 스스로 삶을 영위해야 한다는 것을 어렴풋이 알고 있었습니다. 그러기에 그가 자신을 완전히 돌보지 않았던 것은 아니었지요. 이는 그의 본질이 그의 개인적 자기일 뿐만 아니라 그 젊은 남자의 본질이기도 하기 때문입니다. 그는 스스로 살아가고 있으며, 일도 제대로 처리하고 있지요. 그는 일 안에 있으며, 일 바깥에 있지 않습니다.

잘 아시다시피, 그것은 '마니푸라' 형식을 넘어서 있는 정신적인 존재의 그림입니다. 그것은 하나의 생각에 불과합니다. 눈에 보이는 세계에서는 아무것도 바뀌지 않았습니다. 원자 하나도 그 전과 위치가 달라지지 않았습니다. 그러나 한 가지가 변했습니다. 정신적 본질이라는 것이 무대에 등장하게 되었지요. 하나의 단순한 생각 또는 거의 묘사 불가능한 어떤 감정, 즉 정신적 팩트 하나가 그 환자의 전체 상황을, 그의 인생 전체를 바꿔놓는 것을 여러분은 보고 있습니다. 그는 '아나하타' 차크라로, 말하자면 정신적인 것들이 시작하는 세계로 다가설 수 있습니다.

'아나하타'에서 '비슈다'로 넘어가는 것도 이와 꽤 비슷하지만, 그 거리는 훨씬 더 멀지요. 아시다시피, '아나하타' 차크라에서는 사고와 감정이 대상과 동일합니다. 예를 들어, 어떤 남자에게 감정은 어떤 여자와 동일하며, 어떤 여자에게 감정은 특별한 남자와 동일하지요. 어떤 과학자의 사고는 이런저런 책과 동일하지요. 과학자의 사고는 곧 그런 책입니다. 그렇기 때문에 거기엔 언제나 감정이나 마음에 필요한 외적 조건이 있습니다. 사고는 언제나 특별한 것이지요. 예를 들면, 과학적이거나 철학적이거나 미학적입니다. 사고가 언제나 구체적인 대상과 똑같기 때문입니다. 그래서 감정이 어떤 사람 혹은 사물과 동일해집니다. 어떤 사람이 화가 나는 것은 다른 누군가가 이런저런 행동을 하거나 이런저런 조건이 있기 때문이지요. 그러므로 우리의 감정, 우리의 가치, 우리의 생각, 우리의 확신은 팩트들과, 말하자면 우리가 대상이라고 부르는 것들과 상호 의존의 관계에 있습니다. 우리의 감정이나 가치, 생각, 확신은 그 자체로 존재하지 않습니다. 이런 것들은 구체적인 사실들과 서로 얽혀 있습니다.

아시다시피, 현실에 근거하지 않는 확신이나 감정을 품지 않는 것이 가끔 이상(理想)입니다. 사람들이 '마니푸라'에서 '아나하타'로 넘어가야 할 때, 그들에게 심지어 교육까지 시켜야 합니다. 감정은 진정한 근거를 가져야 하고, 단순한 짐작을 근거로 다른 사람을 미워하거나 저주해서는 안 되며, 그런 증오나 저주를 품는 것은 절대로 타당하지 않다는 식으로 말입니다. 사람들은 정말로 자신의 감정이 사실에 근거해야 한다는 점을 배워야 합니다.

그러나 '아나하타'에서 '비슈다'로 넘어가는 과정은 이런 식으로 배운 것들을 모두 버릴 것을 요구합니다. 심지어 정신적인 사실은 물질적인 사실과 전혀 아무런 관계가 없다는 점을 인정해야 합니다. 예를 들어, 여러분이 누군가 혹은 무슨 일인가에 대해 느끼는 화는 제아무리 정당한 것일지라도 외적인 것에 의해 일어나지 않습니다. 화는 홀로 일어나는 현상입니다. 어떤 일을 그 일의 본질적 차원에서 받아들인다고 말할 수 있는 것이 바로 그런 것입니다. 예를 들어, 누군가가 여러분의 마음을 상하게 했는데, 여러분이 그 사람에 대한 꿈을 꾸면서 꿈에서도 똑같이 분노를 느낀다고 가정해 보지요. 그런 경우에 나는 "그 꿈이 분노의 의미를 말해주고 있군요. 현실 속에서 그 분노가 무엇을 뜻하는지를 보여주고 있어요."라고 말합니다. 그러나 여러분은 그 사람이 이런저런 말을 했기 때문에 그 사람에게 분노를 품고 그런 태도를 취하는 것이 완벽하게 정당하다고 주장합니다. 그러면 나는 이 모든 것이 사실이라는 점을 인정한 다음에 미안하다는 투로 이렇게 말합니다. "당신이 화를 낸 것은 일단 타당하다고 생각하고, 이젠 꿈을 고려해 보지요. 거기에 화의 본질을 해석하게 하는 중요한 요소가 있기 때문입니다. 당신은 그 사람을 딱 질색이라고 여기지만 실은 그 사람이 당신 자신입니다. 당신은 당신 자신을 그 사람에게로 투사하고 있으며, 당신의 그림자가 그에게 나타나고 있습니다. 바로 그 그림자가 당신을 화나게 만들고 있지요. 당연히 누구나 그런 가능성을 인정하려 하지 않지요. 그러나 시간이 조금 지나고 분석의 과정이 효과를 발휘하게 되면, 어느 순간 정말 그럴 가능성이 있겠구나 하는 생각이 듭니다. 우리는 아마 최악의 적과 동일할 것입니다. 달리 말하면, 우리의 최악의 적이 바로 우리 안에 있다는 뜻이지요."

만약 이 단계에 도달했다면, 여러분은 '아나하타'를 벗어나기 시작합니다. 여러분이 물질적인 외적 사실들과 내적 또는 정신적인 사실들이 절대적으로 결합되어 있는 것을 해체하는 데 성공했기 때문이지요. 이제 여러분은 세상의 게임을 당신의 게임으로, 또 외부에 등장하는 사람들을 여러분의 정신적 조건의 상징들로 여기기 시작합니다. 당신에게 어떤 일이 닥치든, 당신이 외부 세계에서 하는 경험이나 모험은 모두 당신 자신의 경험입니다.

예를 들면, 분석은 분석가의 능력에 좌우되지 않습니다.

분석은 여러분 자신의 경험입니다. 여러분이 분석에서 경험하는 것은 분석가인 나 때문이 아닙니다. 여러분이 분석에서 경험하는 것은 바로 여러분 자신의 됨됨이 때문입니다. 여러분은 나와 이렇게 있어도 여러분 자신의 경험을 하고 있을 것입니다. 모두가 나를 좋아하지도 않지요. 또 내가 신랄한 표현을 쓸 때에도 모두가 마음을 다치는 것도 아닙니다. 내가 쓰는 매우 과감한 표현을 모두가 다 좋아하지도 않습니다. 내가 언제나 똑같은 융 박사로 남아 있는 분석에서 환자가 겪는 경험은 저마다 다 다른 과정입니다. 개인들은 서로 다르며, 그 같은 사실 때문에 분석은 나 자신에게조차도 언제나 색다른 경험입니다. 나는 분석의 모든 조건에서 나 자신과 동일한 존재이지만, 환자는 다 다르지요. 따라서 분석 경험은 나에게 언제나 새롭게 다가오기 마련입니다. 그러나 환자는 당연히 분석가인 내가 관여하기 때문에 자신의 분석이 그런 식으로 나온다고 믿습니다. 환자는 그것이 주관적인 경험이라는 것을 보지 못합니다. 환자가 분석을 그런 식으로 보는 한, 말하자면 분석이 단지 개인적 희롱이나 개인적 논의로 여겨지는 한, 환자는 거기서 마땅히 끌어내야 할 것을 얻지 못하게 됩니다. 환자가 자기 자신을 보지 않기 때문이지요. 분석을 진정으로 자기 자신의 경험으로 보기 시작할 때, 환자는 게임의 파트너인 융 박사는 오직 상대적일 뿐이라는 사실을 깨닫게 되지요. 융 박사는 환자가 융 박사에 대해 어떻게 생각하느냐에 따라 달라집니다. 융 박사는 단순히 여러분이 옷을 걸 수 있는 고리에 불과합니다. 융 박사는 겉으로 보이는 것만큼 중요하지 않습니다. 융 박사는 또한 여러분의 주관적인 경험이지요.

만약 이것을 볼 수 있다면, 여러분은 '비슈다'로 가는 길에 들어섰습니다. '비슈다'에서 세상의 게임 전체가 여러분의 주관적인 경험이 되기 때문입니다. 세상 자체가 정신을 반영하는 것으로 다가옵니다. 예를 들면, 내가 다음과 같은 이상한 말을 할 때, 나는 '비슈다'로 가는 길에 들어서고 있습니다. 세상은 정신적인 이미지로만 이뤄져 있다거나, 여러분이 다른 길로는 지각하지 못하기 때문에 여러분이 건드리는 모든 것, 여러분이 경험하는 모든 것이 이미지로 남는다거나, 여러분이 이 테이블을 만지면서 그것이 튼튼하다고 생각할 수 있지만 그때 여러분이 실제로 경험하는 것은 촉감 신경이 여러분의 뇌에 보내는 특별한 메시지일 뿐이라거나, 내가 여러분의 손가락을 자를 수 있기 때문에 여러분이 그 특별한 메시지마저도 경험하지 못할 수 있다거나, 여러분의 뇌도 하나의 이미지에 지나지 않는다는 식으로 말할 때가 그런 예입니다. 내가 여러분 모두를 '비슈다'까지 데려가지 못할 것이라고 생각하지만 혹시 여러분을 '비슈다'까지 데려가는 데 성공한다면, 여러분은 틀림없이 불평할 것입니다. 숨이 막히고, 호흡을 하지 못하겠다고 말이지요. 거기엔 여러분이 호흡할 게 전혀 없기 때문입니다. 그것은 에테르입니다. '비슈다'에 도달하면서, 여러분은 공기 없는 우주에 도착합니다. 거기엔 일반적인 개인이 호흡할 땅이 있을 가능성이 전혀 없습니다. 그래서 그것은 결정적인 모험처럼 보이지요.

이 센터들에 대해 논하면서, 실제 상징들에 대한 설명을 배제하면 안 됩니다. 이 상징들이 많은 것을 가르쳐주기 때문이지요. 내가 지금까지 한 번도 말한 적이 없는 동물의 상징체계에 관심을 기울여 달라고 여러분에게 부탁하고 싶습니다. 여러분은 '물라다라'의 코끼리를 시작으로 일련의 동물들이 등장한다는 것을 알고 있습니다. '물라다라'의 코끼리는 땅을 떠받치고 있지요. 이 코끼리는 인간의 의식을 지탱하고 있는 거대한 충동을, 말하자면 우리가 의식적인 세계를 구축하도록 강요하는 힘을 의미하지요. 힌두교도에게 코

끼리는 길들여진 리비도를 상징합니다. 서양인으로 치면 말
(馬)의 이미지와 비슷하답니다. 그것은 의식의 힘을, 의지의
힘을, 사람이 하고 싶은 것을 할 능력을 의미하지요.

다음 센터에 마카라가 있습니다. 리바이어던 말입니다. 그
래서 '물라다라'에서 '스바디슈타나'로 넘어가면서, 지금까
지 여러분을 육성해 왔던 힘은 이제 완전히 다른 특징을 보
입니다. 세상의 표면에서 코끼리인 것이 깊은 곳에서 리바이
어던이 됩니다. 이 리바이어던은 물 속에서 가장 크고 무서
운 동물입니다. 그러나 코끼리와 리바이어던은 똑같은 동물
입니다. 여러분을 의식 속으로 밀어 넣고 의식의 세계에서
여러분을 지탱하던 그 힘은 당신이 그 다음 센터로 갈 때 최
악의 적으로 드러날 것입니다. 왜냐하면 다음 센터에서 여
러분은 진정으로 이 세계를 벗어나게 되는데, 당신이 이 세
계에 집착하도록 만드는 모든 것이 최악의 적이 되기 때문
입니다. 이 세상에서 가장 큰 축복인 것이 무의식의 세계에
선 가장 큰 저주가 되지요. 그래서 마카라는 정반대가 됩니
다. 물의 코끼리, 즉 여러분을 삼키는 고래용이 지금까지 당
신을 양육하고 지탱해 왔던 바로 그것이지요. 당신을 세상에
태어나게 한 자비로운 어머니가 삶의 후반에 여러분을 다시

삼키는 어머니가 되는 것과 똑같은 이치이지요. 만약 여러분이 어머니를 포기하지 못하면, 어머니는 전적으로 부정적인 요소가 됩니다. 여러분의 어머니는 여러분의 어린 시절과 청년 시절의 삶을 뒷받침하지만, 당신이 성인이 되기 위해선 그 모든 것을 뒤로 버리고 어머니의 힘이 당신에게 맞서도록 해야 합니다. 그렇기 때문에 또 다른 종류의 의식, 다시 말해 물의 세계나 무의식의 세계를 향해 이 세계를 떠나려고 시도하는 사람은 누구나 코끼리가 자신에게 반대하도록 만들어야 합니다. 그러면 코끼리는 지하세계의 괴물이 되지요.

'마니푸라'를 상징하는 동물은 숫양입니다. 숫양은 힌두교의 불의 신인 아그니(Agni)의 신성한 동물입니다. 숫양은 점성술과도 관계가 있습니다. 양자리는 열정과 충동, 경솔, 폭력의 불같은 행성인 화성이 거주하는 곳이지요. 아그니가 적절한 상징입니다. 아그니는 다시 코끼리이지만, 새로운 형태의 코끼리입니다. 그리고 아그니는 더 이상 정복 불가능한 권력이 아닙니다. 코끼리의 신성한 파워가 더 이상 아니지요. 그것은 지금 제물로 바쳐지는 동물이고, 비교적 작은 제물입니다. 수소 같은 큰 제물이 아니라 보다 작은 열정의 제물이지요. 말하자면, 열정을 희생시키는 것은 비용이 그렇게 많이 드는 것이 아니라는 뜻입니다. 여러분에게 맞서고 있는 검은색의 작은 동물은 더 이상 이전 차크라의 깊은 곳에 있던 리바이어던과 비슷하지 않습니다. 위험은 이미 크게 줄어들었지요. 여러분 자신의 열정은 정말로 무의식에 빠지는 것에 비하면 위험이 훨씬 덜하지요. 이는 어떤 사람이 자신의 열정을 자각하지 못하고 있는 것이 열정으로 고통 받는 것보다 훨씬 더 나쁘기 때문입니다. 그것을 표현하고 있는 것이 바로 양자리입니다. 숫양은 코끼리나 리바이어던의 힘을 더 이상 갖고 있지 않기 때문에 여러분이 두려워할 필요조차 느끼지 않는 작은 제물용 동물입니다. 여러분이 자신의 근본적인 욕망 또는 열정을 자각할 때, 그것은 이미 최악의 위험을 극복했다는 뜻입니다.

그 다음 동물은 가젤입니다. 이것도 원래의 힘이 변형된 것이지요. 가젤 또는 영양은 똑같이 육지에 살고 있는 숫양과 그리 다르지 않습니다. 차이가 있다면 가젤은 숫양처럼 가축화되지 않았고 제물용 동물이 아니라는 점 정도입니다. 가젤은 전혀 공격적이지 않습니다. 반대로 가젤은 지나치게 수줍어하고 피하려 들며 발이 매우 빠릅니다. 가젤은 한순간에 사라져 버립니다. 가젤의 무리를 만날 때면 언제나 이 동물이 사라지는 모습에 경탄하게 되지요. 가젤은 크게 도약하면서 공중으로 날아가는 듯합니다. 아프리카에는 6m 내지 10m씩 도약하는 영양이 있습니다. 놀라운 존재들이지요. 마치 날개를 단 것처럼 보입니다. 영양은 우아하고 부드러우며 대단히 가는 다리와 발을 가졌습니다. 이 동물은 거의 땅을 딛지 않지요. 바람의 소용돌이도 거의 일으키지 않습니다. 그래서 새처럼 날듯이 달리는 것이 가능합니다. 그렇다면 가젤에는 새와 같은 특징이 있다고 볼 수 있지요. 가젤은 공기처럼 가볍습니다. 가젤은 가끔 땅에 닿습니다. 가젤은 육지 동물이지만, 중력의 힘으로부터 거의 해방되어 있습니다. 그런 동물은 정신적 물질, 즉 생각과 감정의 힘과 효율성, 가벼움을 상징하기에 아주 적절합니다. 가젤은 땅의 무거움의 일부를 이미 잃었지요. 또한 가젤은 '아나하타'에서 정신적인 것은 거의 사람의 손에 잡히지 않는 요소라는 점을 암시합니다. 가젤은 우리 의사들이 어떤 질병 앞에서 정신적 요인을 발견하는 것이 대단히 어렵다고 말할 때 의미하는 그 특성을 갖고 있지요.

코뿔소가 있습니다. 코뿔소는 일각수의 전설로 살아남았습니다. 일각수는 진짜 동물이 아니지만, 코뿔소는 이 나라에서 진짜 동물이지요. 예를 들어, 코뿔소 몸통의 반이 동유럽 어딘가에서, 내 생각엔 폴란드 같은데, 그곳 유정(油井)에서 잘 보존된 상태로 발견되었어요. 그것은 빙하기에 살았던 유럽의 코뿔소였습니다. 그렇다면 일각수는 사람들이 이곳에서 진짜 코뿔소를 보았던 시대의 흔적일 가능성이 있지요. 물론 그것을 증명할 길은 없지만, 현재 우리의 과정에, 말하자면 코끼리로부터 부드럽고 점잖고 민첩한 가젤로 변화해가는 과정에 꽤 적절한 비유가 될 수 있을 것입니다.

코뿔소는 심인성 요소의 상징으로 매우 적절합니다. 그리고 의학에서 심인성 요소를 발견한 것은 정말로 여러분이 '마니푸라'에서 '아나하타'로 넘어가는 것과 비교할 수 있는 사건이었습니다. 나는 교수님들이 "물론 정신적 장애도 일부 있다. 정신적 장애는 당연히 상상과 관계있으며, 흥분한 심리는 온갖 종류의 증후를 낳는다."고 말하던 때를 아주 또렷이 기억하고 있습니다. 원래 정신은 육체가 낳은 어떤 종류의 거품 또는 진액(津液)으로 여겨졌으며, 정신 자체는 아무것도 아닌 것으로 받아들여졌습니다. 그래서 소위 심리학적 인과성 같은 것은 존재할 수 없었으며, 정신은 다소 증후적인 것으로 생각되었지요. 프로이트까지도 심인성 요소를 중요하게 받아들이지 않았지요. 프로이트에게 정신은 다소 생리학적인 그 무엇, 육체적 삶에서 본줄기를 벗어나 있는 그 무엇이었습니다. 프로이트는 육체에 화학작용이 많이 일어나거나 일어나야 한다고 확신했지요. 또 모든 것은 육체의 화학작용으로 환원될 수 있고, 화학작용은 호르몬이거나 신만이 아는 것이라는 식으로 생각했지요. 그렇다면 진정한 심인성 요인을 발견한 것은 정말 위대한 사건이 됩니다. 그것은 정신 자체를, 육체와 함께 작용하면서도 어떤 원인이 될 수 있는 그런 힘을 지닌 그 무엇으로 인정하는 것이나 마찬가지이지요. 여러분도 아시다시피, 그런 식으로 인정하는 의사는 정말로 먼 길을 가고 있습니다. 만약 의사가 심인성 요인을 세균과 감기, 불리한 사회적 조건, 유전 등과 비슷한 원인으로 여긴다면, 그것은 그 의사가 정신이 존재하면서 실제로 효과를 일으킨다는 점을 인정한다는 뜻입니다. 논리적인 의사의 마음은 정신이란 것이 손으로 만져질 수 있는 그런 것이라는 식으로 쉽게 믿지 못합니다. 정신이 언제나 달아나려고만 드는 가젤의 특성을 갖고 있기 때문이지요. 그리고 정신이 현실 속에 모습을 드러낼 때엔 대체로 우리에게 반대하는 상태라는 점을 여러분은 알고 있습니다. 왜냐하면 정신이란 것은 우리에게 반대하지 않는 이상 단순히 우리의 의식과 동일하기 때문이지요. 우리의 의식은 우리에게 맞서지 않습니다. 우리는 모든 것을 우리 자신이 의식적으로 하는 것으로 여깁니다만, 정신적 요인은 언제나 우리가 하고 있지 않다고 단정하는 그 무엇입니다. 우리는 이 정신적 요인을 부정하고 억압하려고 애씁니다. 내가 불쾌한 내용의 어떤 편지를 쓰길 원한다고 가정해 보지요. 그러면 즉시 그러는 나에게 반대하는 정신적 요인이 생겨납니다. 그러면 나는 써 놓은 편지를 찾지 못하게 됩니다. 그것이 몰래 사라져버리니까요. 그러다 훗날 나 자신이 그것을 무의식적으로 엉뚱한 곳에 놓았다는 사실을 발견합니다. 나는 그 편지에 특별히 신경을 쓰기를 원했으나, 나 자신이 그 편지에 저항했기 때문에 엉뚱한 주머니에 넣거나 오랫동안 뒤지지 않을 구석에 놓게 되지요. 그래 놓고는 도깨비 운운 합니다. 사람은 고통을 야기할 것을 그런 식으로 자기도 모르게 피합니다. 히스테리에서 이와 똑같은 일이 벌어집니다. 어떤 일이 정말 필요한 곳에서 그 일이 그만 기이한 길을 밟게 되지요. 사람이 옳은 말을 하는 것이 매우 중요한 상황에서 엉뚱한 말을 하기도 합니다. 말이 그 사람의 입 안에서 거꾸로 돌려지기 때문이지요. 그러면 그 사람은 살아 있는 어떤 악마가 그에게 맞서고 있다는 사실을 확인하지 않을 수 없게 됩니다. 이를테면 사람들이 악마에 사로잡혔다거나 마귀에 희생되었다는 식의 옛날 말 그대로이지요.

비셔(Friedrich Theodor Vischer)라는 소설가가 쓴 '또 한 사람'(Auch Einer)이라는 작품이 있습니다. 사물들에 대해 알고 있는 한 존재, 다시 말하면 사물들 속에 들어 있는 도깨비에 대해 쓴 책입니다. 예를 들면, 여러분이 안경을 찾지 못해 허둘댈 때면 언제나 전혀 엉뚱한 곳에서 발견될 것입니다. 아마 안경과 완벽하게 조화를 이루는 그런 무늬가 있는 의자 위에 놓여 있을 것입니다. 버터를 바른 토스트가 바닥에 떨어질 때면 거의 틀림없이 버터가 발린 쪽으로 떨어질 것입니다. 아니면 커피포트를 테이블 밑에 놓을 때, 커피포트의 주둥이가 밀크포트 손잡이 안쪽으로 들어가게 되어 나중에 커피포트를 들다가 우유를 엎지르게 되지요.

사물들의 악의라고 해야 할까요. 사물들의 악마 같은 교활함이지요. 비셔는 '또 한 사람'에서 바로 그런 측면을 파고들고 있습니다. 작품은 당연히 대단히 공상적이지만, 그는 정신적 요소를 제대로 다루고 있습니다. 왜냐하면 정신적 요소는 어떤 면에서 보면 우리 자신의 행동인데도, 그것은 우리의 행동이 아니기 때문입니다. 정신적 요소는 도깨비처럼 일어납니다. 심인성 요소가 요리조리 빠져나가는 성격은 정말 놀라울 정도입니다. 분석에서도 마찬가지로 심인성 요소는 언제나 도망을 다닙니다. 여러분이 심인성 요소를 공격하려 할 때마다 환자가 그 점을 부정하면서 "그것은 내가 하고 싶어 한 것입니다. 그것이 나 자신이니까요."라는 식으로 말합니다. 환자는 언제나 심인성 요소를 피하려 듭니다. 그걸 발견하길 두려워하기 때문이지요. 환자는 자신의 머리 어딘가에 나사 하나가 풀린 것이 아닌가 하고 걱정합니다. 그것이 곧 그가 미쳤다는 것을 의미한다는 생각 때문이지요.

그래서 '마니푸라'에서 '아나하타'로 넘어가는 것은 정말로 대단히 어려운 일입니다. 정신이 제 스스로 움직이는 것이라는 점을, 정신이 여러분 자신이 아니고 별도의 순수한 그 무엇이란 점을 인정하는 것은 대단히 어려운 일이지요. 이는 곧 여러분이 여러분 자신이라고 생각하고 있는 의식이 종말을 맞는다는 것을 의미하기 때문이지요. 여러분의 의식 안에서 모든 것은 당신이 놓아둔 그대로 있지만, 이제 여러분은 자신의 집 안에서도 자신이 주인이 아니라는 사실을 발견합니다. 여러분은 자신의 방 안에 여러분 혼자 살고 있지 않다는 사실을 확인합니다. 거기엔 여러분의 현실을 엉망진 창으로 만드는 도깨비들이 있습니다. 그것으로 여러분의 독재는 끝이지요. 그러나 만약에 여러분이 그것을 제대로 이해한다면, 쿤달리니 요가가 여러분에게 보여주고 있듯이, 심인성 요인을 이런 식으로 인정하는 것은 단순히 푸루샤를 처음으로 인식하는 것에 지나지 않습니다. 그것은 위대한 인식이 아주 괴상하고 우스꽝스러운 형식으로 처음 모습을 드러내는 것입니다. 잘 아시다시피, 가젤이 의미하는 바가 바로 그것이지요.

지금 여러분은 코끼리가 '비슈다'에서 다시 나타난다는 것을 기억하고 있습니다. 그래서 여기서 우리는 '물라다라'에서처럼 코끼리의 전체 힘을, 극복 불가능한 신성한 힘을 다시 만납니다. 말하자면 우리를 삶 속으로, 이 의식의 현실 속으로 이끌었던 모든 힘을 만난다는 뜻입니다. 그러나 그것은 '물라다라'를, 이 땅을 지탱하고 있지 않습니다. 그것은, 공기와 비슷하고 아주 비현실적이고 대단히 불안정한 것들을, 즉 인간의 사고들을 지탱하고 있습니다. 그것은 마치 코끼리가 개념들을 갖고 현실을 만들어내고 있는 것과 비슷합니다. 우리는 개념이 우리의 상상에 지나지 않고 또 우리의 감정이나 지성의 산물에 지나지 않는다는 점을 인정합니다. 물리적인 현상의 뒷받침을 전혀 받지 않는 추상작용이나 유추가 개념이라는 뜻이지요.

이 모든 것들을 통합시키고 이 모든 것들을 표현하는 것이 바로 에너지 개념입니다. 예를 들어, 철학에서 플라톤의 동굴의 우화를 보지요. 플라톤은 다소 서투른 우화를 빌려서 우리가 내리는 판단의 주관성을 설명하려고 노력합니다. 판단의 주관성은 따지고 보면 철학의 역사에서 인지 이론이라 불린 것과 똑같은 개념이지요. 플라톤은 동굴에 앉아 있는 사람들을 묘사하고 있습니다. 이들은 빛을 등지고 앉아 밖에서 움직이는 형상들이 드리우는 그림자들을 보고 있습니다. 이는 그 문제를 설명하는 데 아주 적절한 우화이긴 하지만, 그 문제가 철학적으로 추상적인 방식으로 설명되기까지는 칸트의 『순수이성 비판』이 등장하기까지 무려 2,000년 이상의 세월이 필요했습니다.

전혀 아무런 형태가 없는 산들바람처럼, 에너지 같은 철학적 혹은 과학적 개념들은 이론이라 불리든 가설이라 불리든 내일을 변화시키는 헛된 것이라는 인상이 강합니다. 그럼에도 이것들은 분명히 코끼리에 의해 지탱되고 떠받쳐지고 있는 것들입니다. 마치 코끼리가 우리의 정신의 산물에 지나지 않는 개념들을 갖고 현실을 만들어내고 있는 것처럼 보입니다. 그런 산물들이 현실이 아니라고 생각하는 것은 우리의 편견일 뿐입니다.

그러나 바로 여기서 모든 것을 어렵게 만드는 장애가 나타나고 있습니다. 이것은 절대로 간단한 문제가 아닙니다. 여러분의 짐작이 추상작용으로 이어지고, 이 추상작용을 여러분이 매우 확실한 결론으로 느낀다는 점이지요. 그런 결론은 인위적입니다. 여러분은 그런 결론이 현실에 존재한다고 확신하지 않습니다. 그러나 어쩌다 여러분이 스스로 내린 결론을 현실 속에서 경험하게 된다면, 여러분은 이렇게 말하지요. "아니, 이게 진짜로구나. 하기야 내 생각이 진짜이니 당연히 그렇겠지." 예를 들어, 여러분은 "내일 폭풍이 몰아칠 거야."라고 말합니다. 일년 중 이맘때에 폭풍이 몰아칠 확률이 아주 낮지만, 여러분은 그럴 가능성이 낮다는 생각이 드는데도 불구하고 기상학적 자료를 근거로 그런 결론을 내립니다. 그리고 내일이 되어 정말로 폭풍이 몰아칩니다. 그러면 여러분은 이렇게 말합니다. "내가 그런 식으로 결론을 내리다니, 정말 신기하지 않은가? 나의 예감이 맞았어." 그러면 여러분은 현실 속에서 여러분의 사고를 증명하고, 이 현실은 한 인간에게 전반적으로 영향을 미치게 됩니다. 이 현실이 여러분에게 거듭해서 영향을 미치다 보면, 여러분은 모든 것을 알게 됩니다. 비에 흠뻑 젖고, 천둥소리를 듣고, 벼락까지 맞게 될지도 모르지요.

차크라의 상징체계에 따르면, '비슈다'에서 이와 비슷한 무엇인가가 일어납니다. 정신적 실체들에게 코끼리의 힘이 주어집니다. 이 정신적 실체들을 우리의 이성은 단순한 추상작용으로 여기길 좋아하지요. 그러나 코끼리의 힘은 단순한 지성의 산물로는 절대로 넘어가지 않습니다. 지성의 산물이 절대로 설득력을 발휘하지 못하기 때문이지요. 지성의 산물은 언제나 물리적인 증거를 필요로 합니다. 그리고 순수하게 정신적인 것들의 경우엔 물리적 증거 같은 것이 있을 가능성은 전혀 없습니다. 예를 들어, 신의 개념을 물리적인 사실로 밝히는 것은 절대로 불가능하다는 점을 여러분은 잘 알고 있습니다. 신이라는 개념이 물리적인 개념이 아니기 때문이지요. 신이라는 개념은 공간과 시간 속의 경험과는 아무런 관계가 없습니다. 신의 개념은 공간이나 시간과 어떤 연결도 갖지 않습니다. 따라서 여러분은 신의 개념에서 시간이나 공간과 연결되는 효과를 절대로 기대하지 못합니다. 그러나 만약에 여러분이 그런 정신적 경험을 갖고 있다면, 또 만약에 그런 정신적 사실이 여러분에게 나타난다면, 그런 경우에 여러분은 정신적 경험을 이해하고 그것을 개념으로 다듬어낼 수 있습니다. 신의 추상 관념 혹은 개념은 경험에서 나옵니다. 신의 개념은 지적인 개념일 수 있을지라도 여러분의 지적 개념은 결코 아닙니다. 그러나 그런 경험에서 가장 중요한 것은 그것이 정신적 사실이라는 점입니다. 그리고 정신적 사실들은 '비슈다'에서 현실이 됩니다. 따라서 현실의 능가할 수 없는 힘은 더 이상 이 땅의 자료를 뒷받침하지 않고 정신적 자료를 뒷받침하고 있습니다.

예를 들어, 여러분이 무엇인가를 대단히 하고 싶어 하는데, 마치 절대 금지 조치가 내려진 것처럼 그것을 하면 안 된다는 느낌을 강하게 받을 수도 있습니다. 아니면 여러분이 어떤 일을 하고 싶지 않다는 느낌을 강하게 받는데 정신적 요소가 그것을 요구하는 까닭에 그걸 하지 않겠다고 버티지 못할 수도 있습니다. 그런 경우에 여러분은 그 길로 가야합니다. 주저도 있을 수 없습니다. 그것이 코끼리의 힘입니다.

여러분은 모순이라고 부르는 것에서도 아마 그런 힘을 느낄 것입니다. '비슈다'의 상징체계에 의해 표현되듯이, 그런 것이 '비슈다'의 현실에 속하는 경험들입니다.

이것은 다섯 번째 차크라일 뿐인데, 우리는 이미 호흡을 하지 못하는 상태에 있습니다. 숨을 쉬는 데 필요한 공기가 없기 때문이지요. 말하자면 우리는 인류의 먼 미래로, 혹은 우리 자신의 먼 미래로 들어가고 있습니다. 왜냐하면 누구나 적어도 2,000년 안에, 아마 1만 년 안에 인간의 집단적 경험이 될 것을 경험할 잠재적 능력을 갖고 있기 때문이지요. 오늘 우리가 다루고 있는 것들을 어둑하던 과거에 원시인 주술사나 고대 로마인, 그리스인들이 몇 백만 번씩 반복했다는 것을 우리는 잘 모르고 있습니다. 우리의 시대는 오래 전부터 예상되었지요. 그렇듯 우리는 다가올 수 천 년을 예상합니다. 그래서 우리는 정말로 아직 보지 못하는 미래로도 닿고 있지요. 따라서 여섯 번째 차크라에 대해 말하는 것은 다소 대담합니다. 당연히 이 차크라는 우리가 닿을 수 있는 범위를 완전히 벗어나 있지요. 아직 우리가 '비슈다'에도 도달하지 못했기 때문입니다. 그러나 상징체계가 있기 때문에, 우리는 적어도 이 차크라에 대해 이론적으로 무엇인가를 구성할 수는 있습니다.

'아즈나' 센터는 날개 달린 씨앗처럼 보인다는 것을 기억하고 있을 것입니다. 거기엔 동물이 하나도 없다는 것도 알고 있지요. 그것은 곧 거기엔 정신적 요소가 전혀 없다는 것을, 우리에게 반대하는 힘이 하나도 느껴지지 않는다는 것을 의미합니다. 독특한 상징인 '링가'가 여기서 새로운 형태로, 하얀 상태로 되풀이되고 있습니다. 링가는 지금 싹을 틔우는 어둑한 조건 대신에 하얀 빛으로 불타고 있으며 완전히 의식되고 있습니다. 달리 말하면, '물라다라'에서 잠자고 있던 신이 여기서 완전히 깨어나면서 유일한 실체가 된다는 뜻입니다. 그래서 이 센터는 사람이 시바와 통합되는 조건이라 불립니다. 그곳은 신의 힘과의 '신비적 융합'(unio mystica)이 이뤄지는 센터입니다. 이는 사람이 오직 정신적 현실만을 갖는 그런 절대적 현실을 의미하지만, 그럼에도 이 정신적 현실은 그 사람이 아닌 정신적 현실을 마주하고 있습니다. 바로 그것이 신(神)입니다. 신은 영원한 정신적 대상이지요. 신은 단순히 비아(非我)를 뜻하는 단어입니다. '비슈다'에서는 정신적 현실이 여전히 육체적 현실과 맞서고 있었습니다. 그러므로 사람은 정신적 현실을 지탱하기 위해 여전히 흰색 코끼리의 지지를 이용했지요. 정신적 사실들은 여전히 우리 안에서 일어났습니다. 비록 그 정신적 사실들이 자체의 생명을 갖고 있긴 하지만 말입니다.

그러나 '아즈나' 센터에서 정신은 날개를 달게 됩니다. 여기서 여러분은 정신일 뿐이라는 것을 알게 됩니다. 그럼에도 거기엔 또 다른 정신이 있습니다. 여러분의 정신적 현실의 카운터파트이고, 비아(非我)의 현실이고, 자기라고도 불리지 않는 것이지요. 여러분이 그것 속으로 사라질 것이라는 것을 여러분은 알고 있습니다. 자아는 완전히 사라지고, 정신적인 것은 우리 안에서 더 이상 내용이 아니며 우리가 정신적인 것의 내용이 됩니다. 여러분은 하얀 코끼리가 자기 속으로 사라진 이 조건이 거의 상상 불가능하다는 것을 확인하고 있습니다. 흰색 코끼리의 힘은 더 이상 지각되지 않습니다. 흰색 코끼리가 더 이상 당신에게 반대하지 않기 때문이지요. 여러분은 흰색 코끼리와 완전히 동일해집니다. 여러분은 그 힘이 요구하는 것 외에 다른 것을 하는 것은 꿈도 꾸지 않습니다. 그런데 그 힘은 어떤 것도 요구하지 않습니다. 여러분이 이미 그것을 하고 있기 때문이지요. 말하자면, 당신이 그 힘이지요. 그리고 그 힘은 원래의 자리로, 신에게로 돌아갑니다.

천 개의 잎을 가진 연꽃, 즉 '사하스라라' 센터에 대해 말하는 것은 다소 불필요합니다. 그것이 단지 아무런 내용물을 갖지 않은 철학적 개념이기 때문입니다. 그것은 모든 가능한 경험 밖에 있습니다. '아즈나'에는 여전히 신이라는 대상과 분명히 다른 자기의 경험이 있습니다. 그러나 '사하스라라'에서 사람은 대상과 다르지 않다는 것을 이해합니다. 그래서 결론은 '사하스라라'엔 어떤 대상도 없고, 신도 없고, 오직 브라만이 있다는 것입니다. 거기엔 경험이 전혀 없습니다. 그것이 하나이기 때문이지요. 거기엔 두 번째가 없습니다. 그것은 잠을 자고 있으며, 그것은 있지도 않습니다. 따라서 그것은 '니르바나', 즉 열반입니다. 그것은 전적으로 철학적인 개념이며, 단순히 이전의 전제들로부터 논리적으로 끌어낸 결론일 뿐입니다. 그것은 우리에게 실용적 가치를 전혀 지니지 않습니다.

단계적으로 이어지는 차크라들의 관계가 궁금할지 모르겠습니다. 여러분은 살아 있는 한 당연히 '물라다라' 안에 있습니다. 여러분이 늘 명상이나 무아경의 경지에서 살 수 없다는 것은 너무나 자명합니다. 여러분은 이 세상 안에서 이

리저리 다녀야 하고, 의식적이어야 하고, 또 신들이 잠을 자도록 해야 합니다.

차크라 상징체계는 우리 심리학에서 밤의 바다 여행이나 신성한 산을 오르거나 입회의식이 표현하는 것과 같은 의미를 지닙니다. 차크라 상징체계는 정말로 지속적인 발달입니다. 그것은 위와 아래로의 도약이 아닙니다. 여러분이 닿은 곳은 절대로 잃어버릴 수 없기 때문이지요. 여러분은 '물라다라'에 있다가 물의 센터에 도착한 다음에 분명히 다시 '물라다라'로 돌아온다고 생각하지요. 그러나 당신은 온전히 돌아오지 않습니다. 당신이 돌아온다고 생각하는 것은 하나의 착각입니다. 여러분은 무의식에다가 여러분 자신의 무엇인가를 남겨놓았습니다. 무의식을 건드리는 경우에는 어느 누구도 이전의 모습으로 돌아오지 못합니다. 반드시 뭔가를 거기에 남기게 됩니다. 여러분은 그것을 잊거나 억누를 수 있지만, 여러분은 더 이상 온전하지 않습니다. 여러분이 2 곱하기 2는 4라는 것을 배웠을 때, 이 진리는 어딜 가나 영원히 똑같을 것입니다. 2 곱하기 2가 5가 되는 경우는 절대로 없습니다. 오직, 그곳을 건드렸다고 생각하지만 실은 그곳에 대한 온갖 착각만 잔뜩 품고 있는 사람만이 돌아오지요. 무엇인가를 진정으로 경험한 사람은 그 경험을 잃을 수 없습니다. 그것은 여러분의 본질 중 아주 많은 것이 그대로 있고, 당신의 피와 몸무게 대부분이 거의 그대로 있는 것과 다를 바가 하나도 없습니다. 여러분은 자신이 다리를 하나 잃었다는 사실을 망각한 가운데 이전의 조건으로 돌아갈 수 있습니다만, 여러분의 다리는 리바이어던에게 뜯겨 나간 상태랍니다. 물 속으로 들어갔던 많은 사람들은 거기로 "다시는 오지 않을 거야!"라고 말합니다. 그러나 그들은 거기에 무엇인가를 남깁니다. 무엇인가가 거기에 남아 있습니다. 그리고 만약에 여러분이 물 속을 통과하여 열정의 불 속으로 들어간다면, 여러분은 절대로 진정으로 돌아가지 못합니다. 여러분이 '마니푸라'에서 얻은 열정과의 연결을 끊지 못하기 때문입니다.

한쪽 눈을 잃은 보탄(Wotan)[51]과 비슷합니다. 또 지하세계의 신인 오시리스와도 비슷합니다. 오시리스 역시 한쪽 눈을 잃지요. 보탄은 지혜의 샘인 미미르의 샘에 자신의 눈 하나를 바쳐야 합니다. 이 지혜의 샘이 바로 무의식입니다. 잘 아시다시피, 보탄의 눈 하나는 깊은 곳에 남거나 안쪽으로 돌

....
51 게르만 신화의 주요 신.

려질 것입니다. 따라서 야코프 뵈메(Jakob Boehme: 1575-1624)[52]는 자신이 "넋을 잃고 황홀한 상태에서 자연의 중심으로 들어갈" 때에 "거꾸로 돌려진 눈"에 관한 책을 썼지요. 그의 눈 하나는 안쪽으로 돌려졌으며, 이 눈은 지하세계를 지속적으로 들여다보았습니다. 이것은 눈의 상실에 해당하지요. 이제 그는 더 이상 이 세상을 2개의 눈으로 보지 않습니다. 그렇듯, 높은 차원의 차크라에 실제로 들어갔을 경우에 여러분은 절대로 온전하게 돌아오지 않습니다. 여러분은 그곳에 남습니다. 여러분의 일부가 찢겨 나갈 수 있지만, 일련의 차크라들 중에서 높은 곳으로 올라갈수록 거기서 돌아올 경우에 그 희생도 분명히 더 큰 것입니다. 혹은 여러분이 그 센터와의 연결에 대한 기억을 잃고 돌아온다면, 여러분은 유령 같은 존재가 될 것입니다. 실제로 여러분은 무(無), 즉 하나의 그림자가 될 것이며, 여러분의 경험은 텅 빈 상태가 될 것입니다.

여러분이 여러 차크라들을 경험할 경우에 그 차크라들을 차례로 하나씩 경험하는 것이 아니라 동시적으로 경험하게 됩니다. 우리 인간의 심리가 발달해온 역사적 과정을 보면,

....
52 독일의 신비주의자.

우리는 '아나하타' 근처에 도달했습니다. 거기서 '물라다라'를 비롯하여 과거에 거쳤던 센터들을 경험할 수 있지요. 누군가가 '아즈나' 센터에, 완전한 의식의 상태에 도달했다고 가정해 보지요. 그것은 에너지 자체를 포함한 모든 것을 아우르는 대단히 넓게 확장된 의식일 것입니다. "그건 당신"이라고 구분할 줄 알 뿐만 아니라 그 이상으로, 모든 나무와 모든 돌, 모든 산들바람, 모든 호흡, 모든 쥐꼬리까지 당신 자신이라는 것을 아는 의식이지요. 거기선 당신 자신이 아닌 것이 없습니다. 그렇게 확장된 의식 상태에서 모든 차크라가 동시에 경험될 것입니다. 왜냐하면 그것이 가장 높은 상태의 의식이며, 만약 예전의 모든 경험을 포함하지 않는다면 그것이 가장 높은 상태가 되지 못하기 때문이지요.

1932년 11월 2일

이번에는 알레만 씨의 질문을 보도록 하겠습니다. 그의 질문은 이렇습니다. "우리의 일상 삶을 '물라다라'에서만 일어나는 것으로 봐야 하는 이유를 이해하기 어렵습니다. '물라다라'는 완전히 자연과 조화를 이루며 살아가는 동물과 원시인들의 삶에 적용되는 것이 아닌가요? 교양 있는 현대인의 삶은 보다 높은 차크라의 '스툴라' 측면에 해당하는 것으로 여겨야 하지 않습니까? 그렇다면 쿤달리니를 일깨우는 것은 '수크슈마' 측면을 의식적으로 이해하는 것과 비슷할 것입니다. 그것은 곧 이런 뜻이겠지요. 쿤달리니를 일깨우려면

우리가 사물의 뿌리까지, "어머니들"에게까지 깊이 내려가서 무엇보다도 먼저 '물라다라', 즉 땅의 '수크슈마' 측면을 의식적으로 이해해야 한다는 뜻이 아닐까요."

알레만 씨의 질문은 대단히 복잡합니다. 나는 그의 어려움을 충분히 이해합니다. 왜냐하면 그 어려움이 서양의 관점이 동양 사상을 직면할 때 겪는 어려움을 그대로 나타내고 있기 때문이지요. 서양인은 동양 사상을 접할 때 하나의 역설을 직면하는 셈입니다. 서양인에게 의식은 높은 곳에, 말하자면 '아즈나' 차크라에 위치해 있지만, 우리의 현실인 '물라다라'는 가장 낮은 차크라에 있습니다. 이것 외에, 또 다른 명백한 역설이 서양인에게 강한 인상을 남깁니다. 우리가 본 바와 같이, '물라다라'가 우리의 세상이란 점이지요. 그렇다면 '물라다라'가 어떻게 차크라 시스템에서처럼 골반에 위치할 수 있을까요?

이것을 어떤 식으로 이해해야 하는지에 대해 한 번 더 설명할 것입니다만, 그러기 위해서 우리는 당분간 차크라의 상징체계와 사물의 '스툴라' 측면과 '수크슈마' 측면의 철학을 분리시켜야 합니다. '스툴라'와 '수크슈마', '파라' 같은 용어에 의해 표현되고 있는 3가지 측면은 사물을 보는 철학적인 한 방법이지요. 이론적인 관점에서 보면, 각 차크라를 이 3가지 측면을 바탕으로 파악하는 것이 가능합니다. 하지만 차크라들은 어쨌든 상징입니다. 차크라들은 관념과 팩트에 관한 복잡하고 다양한 생각을 이미지로 나타내고 있습니다.

상징(symbol)이라는 단어는 '한데 모으다'라는 뜻의 그리스어 단어 'symballein'에서 비롯되었지요. 그렇다면 상징은 함께 모여 있는 사물들이나 한곳에 던져진 사물들의 더미와 관계가 있습니다. 이 사물들을 우리는 그 단어가 보여주는 그대로 하나의 전체로 받아들입니다. 우리는 상징이라는 단어를 "하나의 전체로 본 그 무엇"이나 "하나의 전체로 모아진 사물들의 비전"으로 번역할 수 있습니다. 엄청나게 다양한 측면을 다루거나, 서로 연결되면서 하나의 단위를 형성하는 다수의 사물들을 다루거나, 어느 한 부분을 분리시킬 경우에 전체의 연결이 깨어지거나 전체성의 의미를 상실하게 되는 것들을 다룰 때, 우리는 반드시 상징에 의지해야 합니다. 현대의 철학은 '게슈탈트'(Gestalt) 이론(인간이 사물을 이해할 때 부분들을 따로 지각하지 않고 하나의 전체로 지각한다고 주장한다/옮긴이)으로 알려진 것을 바탕으로 사물들을 이런 식으로 보는 방법을 확립했지요. 그렇다면 하나의 상징은 하나의 게슈탈트, 즉 형태이지요. 말하자면 상징은 매우 복잡한 한 세트의 팩트들의 총합이라고 할 수 있습니다. 이 팩트들의 총합을 우리는 개념적으로 통달하지 못하며, 따라서 이미지를 이용하는 외에 다른 방법으로는 표현하지 못합니다.

지식의 문제를 예로 들어 보지요. 지식의 문제가 제기하는 어려움이 얼마나 크고 다양한지, 철학이 처음 발달하던 시대부터 오늘날까지 사상가들이 이 문제에 매달리고 있습니다. 예를 들어, 플라톤마저도 지식의 문제에 대해 적절한 이론을 제시하지 못했지요. 그는 동굴의 이미지를 벗어나지 못했으며, 따라서 그 문제를 환상이나 구체적인 이미지를 빌려 묘사해야 했습니다. 그리고 나서 2,000년의 세월이 더 흘러서야 비로소 칸트가 지식 이론을 제시할 수 있었지요.

마찬가지로 차크라들도 상징입니다. 차크라들은 매우 복잡한 정신적 사실들을 상징으로 표현하고 있습니다. 이 정신적 사실들은 현재로선 이미지가 아닌 다른 방법으로는 표현되지 못합니다. 따라서 차크라들은 우리에게 대단히 높은 가치를 지니지요. 그것들이 정신에 관한 이론을 상징적으로 제시하려는 노력이기 때문입니다. 정신이란 것은 대단히 복잡하고, 범위도 아주 넓으며, 우리에게 알려지지 않은 요소들이 너무나 많은 그 무엇입니다. 정신의 다양한 양상들은 경이로울 만큼 서로 복잡하게 뒤얽혀 있거나 중첩되고 있습니다. 그래서 우리는 정신에 대해 아는 것을 나타내기 위해서 언제나 상징에 의존해야 합니다. 정신에 관한 이론은 어떤 것이든 설익게 마련입니다. 이론이란 것이 언제나 구체적인 것을 근거로 하는 까닭에 우리가 상상하는 전체성을 보지 못하기 때문이지요.

차크라들을 분석하려는 나의 노력을 통해서, 여러분은 차크라의 내용물에 닿는 것이 얼마나 어려운지를 확인했습니다. 또 의식만 아니라 전체 정신을 공부할 때 얼마나 복잡한 조건을 다뤄야 하는지에 대해서도 알게 되었습니다. 그렇다면 차크라는 이 모호한 분야에서 우리를 안내할 소중한 길잡이이지요. 동양, 특히 인도는 언제나 정신을 하나의 전체로 이해하려고 노력하기 때문입니다. 동양은 자기에 대한 직관을 갖고 있으며, 따라서 자아와 의식을 단지 자기의 다소 비본질적인 일부로 봅니다. 이 모든 것이 서양인에겐 이상하게 다가옵니다. 마치 인도가 의식의 뒤에 자리 잡고 있는 배경에 사로잡혀 있는 것처럼 보이지요. 서양인의 경우에 전면으로 두드러지는 것, 말하자면 의식과 동일시하기 때문입니다. 그러나 이제는 서양인들에게도 정신의 배경 혹은 오지(娛地)가 모습을 드러내고 있습니다. 그럼에도 그것이 너무나 모호하고 접근도 너무나 어렵기 때문에, 우리는 먼저 그것을 상징으로 표현할 수밖에 없습니다. 예를 들면, '물라다라'가 골반에 위치해 있으면서 동시에 우리의 세상을 나타내는 역설적인 상황이 서양인의 주목을 받게 되었지요. 당연히 이 역설은 상징으로만 표현될 수 있습니다. 우리가 의식을 머리 안에 자리 잡고 있는 것으로 생각함에도 불구하고 가장 낮은 차크라인 '물라다라'에서 살고 있는 사실에 담긴 모순도 마찬가지로 관심을 끌고 있습니다.

올 가을에 영어로 한 첫 세미나에서 확인한 바와 같이, '물라다라'는 우리의 현재 정신 상황을 상징합니다. 우리가 지금 세속적인 인과관계 속에 얽혀서 살고 있기 때문이지요. '물라다라'는 우리의 의식적인 삶이 현실 속에서 뒤얽혀 서로 의존하고 있다는 점을 나타내고 있습니다. '물라다라'는 단순히 우리가 살고 있는 외부 세계가 아닙니다. '물라다라'는 우리가 외적으로나 내적으로 하는 모든 경험의 집합인 우리의 전체 의식이지요. 일상의 의식적 삶에서, 우리는 환경에 좌우되며 환경의 구속을 받는, 매우 잘 발달한 동물이 되지요. 그런데도 서양인의 의식은 우리의 삶을 절대로 이런 식으로 보지 않습니다. 정반대로 세상 속에서 서양인은 위쪽의 센터들 안에서 살고 있습니다. 서양인의 의식은 머리에 자리하고 있고, 우리는 의식이 거기에 있다고 느끼며 머리로 생각하고 의지를 발동합니다. 우리는 자연의 주인입니다. 우리는 환경적 조건을 지배하고 또 원시인의 손과 발을 묶어 놓았던 맹목적인 자연의 법칙을 제압하고 있습니다. 의식에서 우리는 높은 왕좌에 앉아서 자연과 동물을 멸시하고 있습니다. 우리에게 원시적인 사람은 동물이나 다를 바 없는 네안데르탈인입니다. 우리는 신도 하나의 동물로 나타난다는 것을 절대로 보지 않습니다. 우리에게 동물적이라는 것은 곧 "야만적"이라는 뜻입니다. 진짜로 우리보다 위에 있는 것처럼 보이는 것이 우리보다 아래에 있는 것 같고, 퇴행적이고 타락한 그 무엇으로 여겨집니다. 그래서 우리는 '스바디슈타나' 속으로 내려가거나 '마니푸라'의 감정 속으로 추락합니다. 우리는 의식과 동일시하고 있기 때문에 잠재의식에 대해 이야기합니다. 무의식 속으로 들어갈 때, 우리는 보다 낮은 차원으로 내려갑니다. 따라서 대체로 인류는 '아나하타' 차크라의 수준에 닿았다고 말할 수 있지요. 인류가 '아나하타'의 초개인적인 가치들에 구속되고 있다는 점에서 보면 그렇습니다. 일상적인 삶의 사건들과 무관한 어떤 활동을 보여주는 사상을 가진 사상가는 '비슈다' 센터에 있거나 '아즈나' 센터에 거의 도달했다고 할 수 있습니다.

그러나 그것들 모두는 단지 문제의 '스툴라' 측면일 뿐입니다. '스툴라' 측면은 개인적인 측면이지요. 개인적으로 보면 마치 우리는 보다 높은 센터들에 있는 것처럼 보입니다. 우리의 의식과 우리가 살고 있는 집단적인 초개인적인 문화가 '아나하타' 센터에 있기 때문에, 우리는 모든 측면에서 그 센터에 있다고 생각합니다. 의식과 동일시하기 때문에, 우리는 의식 밖에 무엇인가가 존재한다는 것을, 이 무엇인가가 위가 아니라 아래에 있다는 것을 보지 못합니다.

그러나 심리학 혹은 탄트라 철학의 도움을 받으면, 우리는 자신의 정신 안에서 초개인적인 사건들이 일어나는 것을 관찰할 수 있는 그런 관점을 성취할 수 있습니다. 사물들을 초개인적인 관점에서 본다는 것은 '수크슈마' 측면에 이르렀다는 뜻이지요. 우리는 이 같은 관점을 확보할 수 있습니다. 이는 우리가 문화를 창조한다는 것은 곧 초개인적인 가치들을 창조한다는 뜻이고, 우리가 초개인적인 가치들을 창조하기 시작한다는 것은 곧 '수크슈마' 측면을 보기 시작한다는 뜻이기 때문입니다. 문화를 통해서 우리는 개인의 심리학적 가능성이 아닌 다른 가능성에 대한 직관적 통찰을 얻습니다. 왜냐하면 초개인적인 것이 문화에 나타나기 때문이지요. 차크라 체계는 문화에서 모습을 명백히 드러내고 있으며, 따라서 문화를 복부 센터와 심장 센터, 머리 센터처럼 다양한 차원으로 구분할 수 있습니다. 그러므로 우리는 다양한 센터들이 개인의 삶이나 인류의 진화에 나타날 때 그것들을 경험하고 또 겉으로 드러내 보여줄 수 있습니다. 우리는 머리에서 시작합니다. 우리는 눈과 의식을 자신과 동일시합니다. 그런 가운데 우리는 꽤 객관적으로 세상을 살핍니다. 그것이 '아즈나'이지요. 그러나 꽤 초연한 상태에서 객관적으로 관찰할 수 있는 이 영역에서 영원히 머물지 못합니다. 우리는 우리의 생각을 현실 속으로 끌고 와야 합니다. 우리는 그 생각을 말로 표현하고 강하게 믿게 됩니다. 우리의 지식에 단어라는 옷을 입힐 때, 우리는 '비슈다' 영역, 즉 목 센터에 있습니다. 그러나 우리가 특별히 어려운 무엇인가를 말하거나 무엇인가가 우리에게 긍정적이거나 부정적인 감정을 낳게 되자마자, 심장이 고동치기 시작합니다. 그러면 '아나하타' 센터가 활성화되기 시작하지요. 거기서 한 걸음 더 떼게 되면, 예를 들어 누군가와의 토론이 시작되어 우리가 화를 내거나 짜증을 내며 이성을 잃게 되면, 우리는 '마니푸라' 센터에 있게 됩니다.

여기서 더 밑으로 내려가면, 상황은 견딜 수 없게 됩니다. 거기선 육체가 말을 하기 시작하기 때문이지요. 이런 이유 때문에 영국에선 횡격막 밑의 모든 것은 금기시됩니다. 독일인들은 언제나 횡격막보다 조금 아래까지 내려가며, 그래서 쉽게 감정적으로 흐르게 됩니다. 러시아인들은 언제나 횡격막 밑에서 살지요. 그래서 러시아인들은 감정으로 이뤄져 있습니다. 프랑스인과 이탈리아인들은 마치 횡격막 아래에 있는 것처럼 처신합니다만, 자신들이 거기에 있지 않다는 것을 아주 잘 알고 있습니다. 다른 민족도 마찬가지이지요.

'스바디슈타나'에서 일어나는 일에 대해 말하는 것은 다소 미묘하고 힘든 일입니다. 예를 들어, 어떤 감정이 극도로 격렬해지면 더 이상 말로 표현되지 않고 생리적으로 표현되지요. 감정이 입을 통해 육체를 떠나는 것이 아니라 다른 방식으로, 예를 들면 방광을 통해 육체를 떠나게 됩니다. '스바디슈타나'는 정신적 삶이 시작된다고 볼 수 있는 차원을 상징합니다. 이 차원이 활성화될 때에만, 인류는 '물라다라'의 잠에서 깨어나 육체적 고상함의 첫 번째 원칙을 배우게 됩니다. 도덕적 교육의 시작은 적절한 곳에서 각자의 필요를 충족시키도록 하는 것입니다. 어린 아이의 교육은 지금도 그런 식으로 진행되고 있습니다. 개들도 마찬가지로 이런 것을 배웠습니다. 개들은 이미 '스바디슈타나' 센터에서 살고 있지요. 개들이 자신의 출입 명찰을 나무나 길 모퉁이에 걸어놓는다는 점에서 보면 그런 식으로 말할 수 있습니다. 뒤에 오는 개들은 이 메시지를 읽고 그것을 바탕으로 지형이 어떻게 생겼는지, 앞서 지나간 개의 배가 부른지 아니면 굶주렸는지, 그 개가 덩치가 큰 개인지 작은 개인지를 알게 됩니다. 이런 차이는 번식기에 아주 중요해집니다. 그래서 개들은 서로에 관한 온갖 종류의 뉴스를 전할 수 있으며 거기에 따라 행동 방향을 정할 수 있지요.

정신의 삶을 표현하는 이런 최초의 조악한 수단은 지금도 인간에게 여전히 이용되고 있습니다. 예를 들면, 매우 초보적인 범죄자들이 있지요. '배설물 둔덕'이 무엇을 의미하는지 모두 잘 아실 것입니다. 도둑은 물건을 훔친 곳에 자신의 배설물을 남기면서 이런 식으로 말합니다. "이건 내 사인이야. 이런 내 거란 말이야. 나의 길을 방해하는 자에게 재난이 일어나길!" 따라서 그것은 고대의 유물인 일종의 액막이 부적이 됩니다. 원시적인 환경에서 이 같은 몸짓 언어가 실제로 대단한 중요성을 지니기 때문이지요. 사람은 그것을 보고 위험한 동물이 지나갔는지 이로운 동물이 지나갔는지, 또 그 흔적이 오래된 것인지 아니면 얼마 되지 않은 것인지를 판단할 수 있습니다. 당연히 인간의 흔적에 대해서도 똑같이 말할 수 있지요. 만약 적대적인 부족들이 이웃에 산다면, 오래되지 않은 인간 배설물은 경고의 신호가 됩니다. 삶의 조건이 원시적일수록, 이런 수준의 정신적 표현은 그만큼 더 중요해지지요. 그것을 두고 우리는 최초의 자연의 언어라고 말할 수 있습니다. 따라서 '스바디슈타나'에 속하는 정신의 표현은 종종 우리의 꿈에 나타나며, 중세의 익살과 외설스런 농담은 그런 정신적 표현으로 넘쳐납니다.

'물라다라'에 대해 말하자면, 우리는 거기에 대해 아는 것이 전혀 없습니다. 이 차원에선 정신적 삶이 휴면 상태에 있기 때문이지요. 따라서 '물라다라'가 자연과 완벽하게 조화를 이루며 사는 동물과 원시인들의 삶이라고 한 알레만 씨의 말은 꽤 맞는 말입니다. 반면에 현대인의 가꿔진 삶은 보다 높은 차크라들의 '스툴라' 측면으로 여겨져야 할 것입니다. 그렇다면 쿤달리니를 일깨우는 것은 '수크슈마' 측면을 의식적으로 이해하는 것과 비슷할 것입니다. 이것도 꽤 맞는 말입니다. 하지만 '물라다라' 혹은 땅의 '수크슈마' 측면을 의식적으로 이해하기 위해선 어떻게 해야 할까요?

여기서 우리는 다시 위대한 역설을 마주합니다. 의식에서 우리는 '아즈나'에 있습니다만 실제로 보면 '물라다라'에서 살고 있지요. 그것은 '스툴라' 측면입니다. 그러나 우리가 다른 측면을 성취할 수 있을까요? 잘 아시는 바와 같이, 어떤 사물에 몰입해 있을 때에는 그것을 이해하지 못합니다. 문제가 되고 있는 경험의 "바깥"에 있는 어떤 관점을 확보할 수 있을 때에만, 우리는 그때까지 경험하고 있던 것을 온전히 이해할 수 있게 됩니다. 그렇기 때문에 예를 들어서 자신이 속한 국가나 인종이나 대륙에 대해 객관적인 판단을 내리기 위해선 반드시 외국에서 어느 정도 살면서 자기 나라를 바깥에서 볼 수 있어야 합니다.

그렇다면 어떻게 해야 우리가 '스툴라' 측면을 나타내는 개인적인 관점을 옆으로 밀쳐놓고 초개인적인 관점을, 말하자면 우리가 이 세상에서 실제로 어디에 서 있는지를 보여줄 그런 관점을 가질 수 있을까요? 또 우리가 '물라다라'에 있다는 것을 어떤 식으로 확인할 수 있을까요? '물라다라'는 정신이 잠을 자고 있는 그런 조건이라고 했지요. 그렇다면 거기에는 의식이 전혀 없으며, 당연히 우리는 거기에 대해 아무것도 말하지 못합니다. 나는 문화를 통해서 우리가 초개인적인 가치를 창조할 수 있다는 말로 논의를 시작했습니다. 또 문화라는 수단을 통해서 우리가 다른 심리학적 가능성들을 감지하고 또 다른 마음 상태에 도달할 수 있다는 점을 강조했습니다. 초개인적인 가치들을 창조하는 작업을 우리는 '수크슈마' 측면에서 시작합니다. 상징을 창조할 때, 우리는 사물들을 '수크슈마' 관점에서 봅니다. 우리는 또 우리의 정신을 '수크슈마' 측면에서 볼 수 있지요. 차크라들의 상징이 바로 그런 것입니다. 나는 이 같은 관점을 상징을 빌리지 않고는 여러분에게 절대로 설명하지 못합니다. 그것은 마치 우리가 우리의 심리와 인류의 심리를 공간이나 시간의 제약을 받지 않는 사차원의 관점에서 보는 것과 비슷합니다. 차크라 체계는 그런 관점에서 창조되지요. 그것은 시간과 개인을 초월하는 관점입니다.

대체로 인도의 영적 관점은 이런 종류의 관점입니다. 힌두교 신자들이 세상을 설명하는 방식은 서양인의 방식과 완전히 다릅니다. 그들은 서양인처럼 수소 원자를 출발점으로 삼지 않습니다. 그들은 인류의 진화나 개인의 진화에 대해, 낮은 곳에서 높은 곳으로, 깊은 무의식에서 가장 높은 의식으로 나아가는 것으로 묘사하지 않습니다. 힌두교 신자들은 인간을 '스툴라' 측면에서 보지 않습니다. 그들은 '수크슈마' 측면에 대해서만 말하며, 따라서 이런 식으로 말합니다. "태초에 두 번째가 없는 단 하나의 브라만이 있었다. 그것은 단 하나의 확실한 실체이며, 존재이자 비(非)존재이다." 힌두교 신자들은 '사하스라라'에서 시작하고, 그들은 신들의 언어로 말하고 위에서 아래로 보면서 사람에 대해 생각하고 사람을 '수크슈마'나 '파라' 측면에서 파악하지요. 힌두교 신자들에게 내면의 경험은 그냥 계시되는 것입니다. 힌두교 신자들은 이 경험에 대해 "내가 그걸 생각해냈어."라는 식으로 절대로 말하지 않을 것입니다.

　　당연히 서양인들은 동양을 꽤 다르게 봅니다. 서양의 의식적인 '아나하타' 문화와 동양을 비교할 경우에, 서양인은 인도의 집단적 문화가 '물라다라' 센터에 있다고 진정으로 말할 수 있습니다. 이에 대한 증거를 제시하길 원한다면, 인도인들이 영위하는 삶의 실제 조건과 빈곤, 불결, 위생 결여, 과학적 및 기술적 성취에 대한 무시 등에 대해 생각하기만 하면 됩니다. '스툴라' 측면에서 본다면, 인도의 집단 문화야말로 정말로 '물라다라'에 속하는 한편, 서양의 문화는 '아나하타'에 도달했습니다. 그러나 인도인의 삶의 개념은 인간을 '수크슈마' 측면에서 이해하고 있으며, 모든 것이 서양과 반대가 되는 그런 관점에서 인간을 보고 있지요. 서양인의 개인적 의식은 정말로 '아나하타'나 심지어 '아즈나'에도 속할 수 있지만, 그럼에도 불구하고 대체로 서양인의 정신적 상황은 틀림없이 '물라다라'에 있습니다.

여기서 우리가 '사하스라라'의 관점에서 세상을 설명하기 위해 예를 들어 다음과 같은 베단타 철학[53]의 내용으로 강연을 시작한다고 가정해 보지요. "이 세상은 태초에 브라만이었다. 원래 브라만뿐이었기 때문에, 브라만은 펼쳐지고 할 것이 없었다. 브라만은 브라만만 알았으며, 브라만은 '내가 곧 브라만'이라는 것을 깨달았다. 그리하여 브라만이 우주가 되었다." 그러면 우리는 즉시 미친 사람으로 여겨지거나

....
53 '우파니샤드'의 철학적, 신비적 가르침을 연구하는 힌두교 철학 학파.

적어도 신앙 부흥회를 여는 것으로 여겨질 것입니다. 그렇기 때문에 우리가 현명한 사람이고 또 현실에 발을 담근 가운데 살고 있다면 무엇인가를 설명하길 원할 때 언제나 일상의 진부한 사건들로, 말하자면 실용적이고 구체적인 것들로 시작하게 되어 있습니다. 요약하면, 언제나 '스툴라' 측면으로 시작하게 되어 있다는 뜻이지요. 서양인에게, 의문의 여지없이 현실적인 것은 직업이나 주거지, 은행 구좌, 가족, 사회적 연결 등입니다. 서양인들은 어쨌든 살기를 원한다면 이런 실체들을 전제조건으로 받아들이지 않을 수 없습니다. 개인적 삶이 없다면, 또 지금 여기가 없다면, 우리는 초개인적인 것에 이를 수 없습니다. 정신의 초개인적인 측면의 과정이 시작되기 위해선 먼저 개인적인 삶이 성취되어야 합니다.

우리 내면의 초개인적인 것은 우리 세미나에서 소개되는 환상에 거듭 나타나고 있습니다. 초개인적인 것은 자아의 밖에서, 의식의 밖에서 일어나는 사건이지요. 환자의 공상 속에서 우리는 언제나 아무개 부인과는 전혀 아무런 관계가 없는 상징과 경험을 다루고 있습니다. 그런 상징과 경험은 그녀의 내면에 있는 집단적인 인간 영혼에서 생겨나며, 따라서 집단적인 내용이지요. 분석에서 초개인적인 과정은 모든 개인적 삶이 의식에 동화된 뒤에나 시작될 수 있습니다. 이런 식으로, 심리학은 자아의식 그 너머에 있는 어떤 관점과 경험의 유형들을 열어젖히지요. (탄트라 철학에도 이와 똑같은 일이 일어나지만 한 가지 차이점이 있습니다. 탄트라 철학에서는 자아가 전혀 아무런 역할을 하지 않지요.) 이 관점과 이 경험은 우리가 위압적인 세상의 현실들로부터 어떻게 자유로워질 것인가 하는 물음에 대해 대답하고 있습니다. 말하자면 우리의 의식을 세상으로부터 해방시키는 방법을 제시하고 있다는 뜻이지요. 예를 들어, 여러분은 물과 불의 상징을 기억하고 있습니다. 환자가 불꽃 속에 서 있던 그림 말입니다. 그것은 무의식 속으로, '스바디슈타나'의 세례의 샘 속으로 뛰어드는 것을, 그리고 '마니푸라'의 불의 고통을 나타내고 있습니다. 이제 물 속으로 뛰어들고 불꽃의 고통을 참는 것이 더 낮은 차원으로 하강하거나 추락하는 것이 아니라 상승하는 것이라는 점을 이해할 수 있습니다. 그것은 의식적인 자아 그 너머로 나아가는 하나의 발전이며, 개인적인 것에서 초개인적인 것으로 들어가는 경험입니다. 모든 인류에게 공통적인 것까지 두루 포함하기 위해 개인의 정신적 지평을 확장하는 것이지요. 집단 무의식을 동화시킬 때, 우리는 집단 무의식을 해체하는 것이 아니라 오히려 그것을 창조합니다.

이런 관점에 도달한 뒤에야, 말하자면 '스바디슈타나'의 세례의 샘에 닿은 뒤에야, 우리는 우리의 의식적인 문화가 제아무리 높게 향상되었다 하더라도 여전히 '물라다라'에 있다는 사실을 깨달을 수 있습니다. 우리는 개인적인 의식에서는 '아즈나'에 닿았을지 모릅니다만, 대체로 봐서 인간 종은 아직 '아나하타'에 있습니다. '아나하타'는 여전히 개인적인 측면에 있지요. 여전히 '스툴라' 측면이라는 뜻입니다. 그것이 우리의 의식에만 유효하기 때문이지요. 그리고 자아가 의식과 동일시되는 한, 자아는 이 세상에, 그러니까 '물라다라' 차크라의 세상에 갇혀 있지요. 그러나 우리의 자아가 '물라다라'에 갇혀 있다는 사실을 볼 수 있는 것도 오직 우리가 의식을 초월하는 경험과 관점을 확보할 수 있을 때에만 가능한 일입니다. 우리가 정신의 넓은 범위를 잘 알게 될 때에만, 그리고 더 이상 의식의 범위 안에만 머물지 않게 될 때에만, 우리는 우리의 의식이 '물라다라'에 얽혀 있다는 것을 알 수 있게 되는 것입니다.

그렇다면 차크라의 상징들은 우리에게 의식을 넘어서는

어떤 관점을 제시할 수 있습니다. 차크라의 상징들은 하나의 전체로 정신을 보는 직관이며, 정신의 다양한 상황과 가능성을 보는 직관이지요. 차크라의 상징들은 우주적인 관점에서 정신을 상징합니다. 그것은 어떤 초의식이, 모든 것을 두루 포용하는 신성한 어떤 의식이 위에서 정신을 살피는 것과 비슷합니다. 이 사차원의 의식이라는 각도에서 보면, 우리는 여전히 '물라다라'에서 살고 있다는 사실을 확인할 수 있습니다. 그것은 '수크슈마' 측면이지요. 그 각도에서 관찰하면, 우리가 무의식 속으로 들어가는 것은 곧 상승을 의미합니다. 왜냐하면 무의식이 우리를 일상의 의식으로부터 자유롭게 놓아주기 때문이지요. 평소의 의식 상태에서 우리는 사실 아래쪽에 있으며, 망상에 사로잡힌 채 땅에 뿌리를 내리고 서로 얽혀 의지하고 있지요. 한마디로 말해, 고등 동물보다 조금 더 자유로운 상태일 뿐이지요. 우리에게 문화가 있는 것은 사실입니다만, 우리의 문화는 초개인적이지 않습니다. 우리의 문화는 '물라다라'에 있는 문화이지요. 우리는 정말로 의식을 '아즈나' 센터에 이를 만한 수준까지 발달시킬 수 있습니다. 그러나 우리의 '아즈나'는 개인적인 '아즈나'이며, 따라서 그것은 '물라다라'에 있습니다. 그럼에도 불구하고 우리는 자신이 '물라다라'에 있다는 것을 알지 못합니다. 그것은 미국 인디언들이 자신들이 미국에서 살고 있다는 것을 모르고 있는 것이나 마찬가지입니다. 우리의 '아즈나'는 이 세상에 갇혀 있지요. 그것은 세상에 갇혀 있는 하나의 불꽃이며, 우리는 단순히 이 세상의 언어로 생각하고 있습니다.

그러나 힌두교 신자는 위대한 빛의 언어로 생각합니다. 힌두교 신자의 사고는 개인적인 '아즈나'에서 시작하는 것이 아니라 우주적인 '아즈나'에서 시작하지요. 힌두교 신자의 사고는 브라만으로 시작하고, 서양인의 사고는 자아로 시작합니다. 서양인의 사고는 개인에서 시작하여 바깥쪽으로 일반적인 것으로 나아가지요. 반면에 힌두교 신자는 일반적인 것에서 시작하여 개인에게로 내려갑니다. '수크슈마' 측면에서 보면 모든 것이 거꾸로 바뀌지요. 이 측면에서 보면, 서양인은 어딜 가나 여전히 인과관계의 세계에 에워싸여 있다는 사실을 깨닫습니다. 차크라의 관점에서 보면, 우리는 "높은 곳"에 있지 않고 완전히 "낮은 곳"에 있습니다. 우리는 구멍 같은 곳에, 세상의 골반 속에 앉아 있지요. 서양인의 '아나하타' 센터는 '물라다라' 안에 있는 '아나하타'입니다. 서양의 문화는 '물라다라'에 포로로 잡혀 있는 의식을 나타내고 있습니다. '수크슈마' 측면에서 보면, 모든 것이 아직도 '물라다라' 안에 있습니다.

기독교도 '수크슈마' 측면에 바탕을 두고 있습니다. 기독교의 입장에서 보면, 세상은 오직 보다 높은 조건을 위한 준비에 지나지 않으며, 지금 이곳, 즉 이 세상에 개입되어 있는 상태는 실수이며 죄입니다. 초기 교회의 성사(聖事)와 의식은 모두 사람을 개인적인 마음 상태로부터 자유롭게 해방시켜 상징적으로 보다 높은 조건에 참여할 수 있도록 하는 것을 의미했습니다. 세례의 신비에서, 말하자면 '스바디슈타나'로 뛰어드는 의식에서, "늙은 아담"은 죽고 "영적인 사람"이 태어나지요. 예수 그리스도의 변형과 승천은 바라던 목적, 즉 개인적인 것 그 위로 들어올려져 초개인적인 것으로 들어가는 것을 상징적으로 나타내고 또 예고하고 있지요. 옛날의 교회에서 그리스도는 지도자를 나타내며, 따라서 그리스도는 비법을 전수받은 사람이나 신참자가 그 위치에 이를 수 있다는 점을 약속하고 있지요.

그러나 서양의 비(非)기독교인에겐 지금 이곳이 유일한 현실입니다. 우리가 훗날 '스툴라' 측면을 넘어서까지 성장할 수 있기 위해선 먼저 '스툴라' 측면, 다시 말해 '물라다라'

에 뿌리를 내리고 있는 삶을 충실히 살아야 하지요. 우리는 그만큼 먼 곳까지 닿기 전에는 자신이 '물라다라'에 갇혀 있다는 사실을 알지 못합니다. 우리는 오직 이런 식으로만 자신의 개인적 의식을 '아즈나' 센터의 수준까지 발달시킬 수 있으며, 또 오직 이런 식으로만 문화를 창조할 수 있습니다. 내가 말한 바와 같이, 그 문화는 오직 개인적인 문화일 뿐이지만, 그 문화 뒤에 초개인적인 것, 즉 신이 서 있지요. 그리하여 우리는 '수크슈마' 측면에 닿게 됩니다. 그제서야 우리의 노력의 정점으로 보였던 것이 단순히 개인적인 그 무엇에 지나지 않는다는 것이, 단순히 의식의 불꽃에 지나지 않는다는 것이 보이게 됩니다. 그러면 우리는 하나의 전체로서의 정신이라는 관점에서 보면서 '아즈나'에 도달한 것은 개인적인 의식일 뿐이라는 사실을 깨닫게 됩니다. 우주적인 차크라 체계라는 관점에서 보면 우리는 여전히 '물라다라'에 있다는 것을 알게 된다는 뜻이지요.

이것을 이해하는 방법으로는 비유에 의지하는 것이 최고입니다. 여러분은 우주적인 차크라 체계를 하나의 거대한 빌딩으로 상상할 수 있습니다. 이 빌딩의 토대는 땅 속 깊은 곳에 박혀 있으며 여섯 개의 지하실을 갖고 있습니다. 이 지하실은 층을 이루고 있지요. 그러면 지하 6층에서 지하 1층까지 올라갈 수 있을 것입니다. 그러나 지하 1층까지 올라가도 사람은 여전히 땅 속에 있을 것입니다. 이 전체 지하 체계가 우주적인 '물라다라'이며, 우리는 지하 1층까지 올라와도 여전히 지하에 머물고 있을 것입니다. 우리의 개인적인 '아즈나'에 있다는 뜻이지요. 이 같은 사실을 우리는 언제나 명심해야 합니다. 그렇게 하지 않으면 우리는 신지학(神智學)이 저지른 실수를 되풀이하게 되고, 개인적인 것을 우주적인 것으로 착각하고, 개인적인 불꽃과 신성한 빛을 혼동하게 됩니다. 만약에 일이 이런 식으로 전개된다면, 우리는 아무 곳에도 닿지 못하고 단지 엄청난 자아 팽창만 겪게 됩니다.

우주적인 차크라 체계의 관점에서 보면, 우리는 여전히 매우 낮은 곳에 머물고 있다는 것을, 또 우리의 문화는 '물라다라'에 있는 문화라는 것을, 신들이 아직 잠에서 깨어나지 않은 개인적인 문화라는 것을 볼 수 있습니다. 그러므로 우리는 신들의 빛이 개인의 의식의 불꽃 앞에 분명하게 드러나도록 하기 위해 쿤달리니를 깨워야 합니다. 생각의 세계에서, 그리고 정신적 사건들에서 우리는 이처럼 다른 마음 상태에 닿을 수 있으며, 또 '수크슈마'의 측면에서 우리 자신을 볼 수 있습니다. 그러면 모든 것이 반대로 보일 것입니다. 당연히 우리가 구멍 같은 것 안에 앉아 있는 것을 알게 될 것입니다. 또 우리가 무의식 속으로 내려가는 것이 아니라 무의식과 어떤 연결을 가짐으로써 위쪽으로 발달을 이루게 된다는 것을 알게 되지요. 무의식을 활성화시킨다는 것은 신성을, '데비'를, 쿤달리니를 깨운다는 것을 의미하지요. 말하자면, 신들의 빛에 불을 붙이기 위해 개인의 내면에 있는 초개인적인 것을 발달시키기 시작한다는 뜻이랍니다. 잠자는 '물라다라'의 세계에서 일깨워져야 하는 쿤달리니는 초개인적인 것이고 비아(非我)이며, 정신의 전체성이지요. 이것을 통해서만 우리는 우주적 혹은 형이상학적 의미에서 보다 높은 차크라에 닿을 수 있습니다. 바로 이런 이유 때문에 쿤달리니는 영지주의에서 말하는 구원의 뱀인 '소테르'(Soter)와 같은 원리입니다. 세상을 이런 식으로 보는 것은 '수크슈마' 측면이지요. '수크슈마' 측면은 사건들의 속에 담긴 우주적인 의미입니다. 그것이 바로 초개인적인 것, "신비체"이지요.

'파라' 측면, 즉 하우어 교수가 형이상학적이라고 부른 것은 서양인에게 순수하게 이론적인 추상 관념입니다. 서양인의 마음은 그걸 갖고 아무것도 하지 못합니다. 인도인들의 사고방식엔 그런 실체화된 추상 관념이 훨씬 더 구체적이고 현실적인 것으로 다가오지요. 예를 들어, 인도인들에게 브라만 혹은 푸루샤는 의문의 여지가 없는 하나의 실체이지만, 서양인에게 그것은 대단히 과감한 추측의 결과일 뿐입니다.

하우어 교수가 말하는 형이상학적 측면이 바로 '수크슈마' 측면이지요. '수크슈마' 측면에 대한 설명은 상징으로만 가능합니다. 예를 들면, 무의식 속으로의 전환을 뜻하는 물과 불이 그런 상징들이지요.

'삼스카라'는 '물라다라'와 비교될 수 있습니다. '삼스카라'와 '물라다라'가 우리가 살고 있는 무의식적인 조건이기 때문이지요. '삼스카라'는 물려받은 근원이라고 할 수 있습니다. 무의식적 결정자, 선재하는 특성, 뿌리 속의 생명이라고도 할 수 있지요. 그러나 '영원한 소년'(puer aeternus)[54]은 뿌리에서 트는 싹이고, 통합의 시도이고, '물라다라'로부터 해방되려는 시도이지요. 우리는 선재하는 조건을 통합함으로써만 그 조건으로부터 자유로워질 수 있습니다.

여기서 말하는 '삼스카라'도 하나의 원형입니다. 우리라

....
54 신화학에서는 영원히 젊은 어린 신을 뜻하고, 심리학에선 대체로 감정 생활이 청년기에 있는 늙은이를 의미한다. 특히 융 심리학에서는 하나의 원형으로 여겨진다.

는 존재의 최초의 형태는 원형들 속의 생명이지요. 아이들은 스스로 "나"라고 말할 수 있을 때까지 이 형태 속에서 삽니다. 이 집단 무의식의 세계는 너무나 멋집니다. 그렇기 때문에 아이들은 끊임없이 그 세계로 끌립니다. 따라서 아이들이 그 세계로부터 자신을 떼어놓는 것은 나름대로 많은 노력을 기울여야만 가능합니다. 이런 정신적 배경에 대한 기억을 절대로 놓지 않는 아이도 있습니다. 그런 아이에겐 그 세계가 너무나 경이로운 세계인 것이지요. 이 기억들은 상징으로 계속 살아 있습니다. 힌두교 신자들은 이런 기억들을 "보석의 세계", 혹은 감로(甘露)의 바다에 있는 보석의 섬이란 뜻으로 '마니드비파'(manidvipa)[55]라고 부르지요. 아이는 돌발적인 충격을 거치면서 집단 무의식의 경이로운 세계에서 삶의 '스툴라' 측면으로 넘어갑니다. 달리 표현하면, 아이는 자신의 육체를 알아차리고 불편함을 느끼면서 울게 되자마자 '스바디슈타나'로 들어갑니다. 아이는 자신의 생명을, 자신의 자아를 의식하게 되며, 그러면 '물라다라'를 떠난 것이지요. 이제 아이 자신의 삶이 시작되고, 아이의 의식은 전체 정신으로부터 스스로를 분리시키기 시작합니다. 그러면 원초

....
55 산스크리트어로 사크티의 주거지란 뜻이다.

의 이미지들의 세계는, 말하자면 빛나는 기적의 세계는 이제 영원히 아이의 뒤에 남게 되지요.

산스크리트어에 '치타'(citta)라는 단어가 있습니다. 치타는 의식적 및 무의식적 정신의 영역이고, 집단적인 정신활동이고, 쿤달리니의 현상이 일어나는 영역이지요. '치타'는 단순히 우리의 지식 기관이며, 경험적 자아이지요. 이 경험적 자아의 영역을 쿤달리니가 깨부수고 들어가게 됩니다. 쿤달리니는 본질적으로 치타와 많이 다릅니다. 따라서 쿤달리니가 갑자기 출현하는 것은 치타에겐 완전히 낯선 요소가 닥치는 것이지요. 만약에 쿤달리니가 치타와 완전히 다르지 않다면, 쿤달리니가 지각되지 않을 것입니다.

그러나 서양인들은 이런 개념들에 대해 지나치게 깊이 생각해서는 안 됩니다. 왜냐하면 이 개념들은 특별히 동양적인 사고의 영역에 속하기 때문이지요. 따라서 서양인은 이 개념을 이용하는 데 아주 인색해야 합니다. 대체로 서양인의 심리학 용어들은 서양인의 쓰임새에 꽤 적절합니다. 서양인의 경우에는 탄트라 철학의 용어들을 오직 전문 용어로만 사용하는 것이 가장 바람직하지요. 말하자면 서양의 심리학 용어로 적절히 표현하지 못하는 상황에서만 그런 개념들을 빌려

야 한다는 뜻입니다. 예를 들어, 우리는 쿤달리니 요가로부
터 '물라다라'나 '스툴라'와 '수크슈마' 측면 같은 개념을 빌
리지 않을 수 없지요. 서양의 언어로는 이 단어들이 뜻하는
정신적 사실들을 절대로 표현하지 못하기 때문입니다. 그러
나 '치타' 같은 개념은 굳이 필요하지 않습니다. 또 쿤달리니
라는 개념도 서양인에겐 한 가지 쓰임새밖에 없습니다. 말하
자면 무의식과 관련 있는 경험, 말하자면 초개인적인 과정의
개시와 관련 있는 경험을 설명할 때에만 쿤달리니라는 용어
가 필요하지요. 우리가 경험을 통해 알고 있듯이, 초개인적
인 과정이 일어날 때 뱀 상징이 자주 나타납니다.